梅乃木彬夫 著

鬼滅の刃はドグラ・マグラ 1

ドグラ・マグラの謎を解く…の巻

不知火書房

梅乃木彬夫 著

鬼滅の刃はドグラ・マグラ 1

ドグラ・マグラの謎を解く…の巻

扉のイラストは筆者の知り合いの小学生に書いてもらった。

[目次]

第2章　迷宮からの脱出

1 ドグラ・マグラの謎を解く…の巻

プロローグ

当時のこと……ですか、先生？
僕は呉一郎《くれいちろう》ですから、記憶を失っていて何も憶えていません。
でも、大正15年の11月20日のことだけはよく憶えています。
あの日の晩は、とっても月が綺麗だったから……。
それに、推理すれば大抵のことは分かるので大丈夫です。
先生のことも誰だかチャント分かっています。
だから心配されなくてもいいですよ、博士。
……アハハハハ……。

――患者・Iの問診記録より――

本書の登場人物

Ｉ：『ドグラ・マグラ』を読了後に精神に異常をきたし、自分をドグラ・マグラの主人公「呉一郎《くれいちろう》」だと信じきっている平成生まれの患者。九州大学病院の精神科病棟第七号室に入院中の稀代の美少年で、ドグラ・マグラに関する数々の推理を語りだす本作の主人公。

Ｗ：『ドグラ・マグラ』を読了後に精神に異常をきたし、自分をドグラ・マグラの作中人物「若林鏡太郎《わかばやしきょうたろう》」だと思い込んでいる患者。主人公Ｉとは同部屋で、諸事万端ドグラ・マグラに結び付けた言動をする傾向の多い、マンガ好きの中年の入院患者。

第1章

鬼滅の刃を迎えて解く

「神の手」の彫刻、背景は九大病院

眼醒め

《《《 **柱時計** 》》》………ブウウ――――ンンン――――ンンンン………。

I：私《わたし》は嬉しい。『ドグラ・マグラ』の由来を書いていい時機が来たから……。

W：……ムニャムニャ……左様《さよう》ですとも。……いよいよ、時節到来で御座《ござ》います！

ムニャムニャムニャムニャムニャムニャ………ムニャムニャムニャムニャムニャムニャ

……ん？……オヤ？

I：ああ、お眼醒《めざ》め(1)になられましたか、教授……。何か譫言《うわごと》を仰《おっしゃ》っておられたようですが。

W：…………………。

I：おはようございます、若林《わかばやし》教授。教授にまた、こちらの世界でお目にかかろうとは……。ここは、「嬉しいな」と申しておいた方がよろしいのでしょうね。

W：ハテ？　私《わたくし》は……いったい……。

I：どうです？　この僕が誰だか、おわかりですか？
W：貴方様《あなた》は……その面差《おもざ》し、あの方と……目鼻立ちが生き写しでいらっしゃる、そのお姿は……。
I：アハハ……。
W：………否《いな》、……よもや貴方様は、正木《まさき》先生の学術実験「狂人の解放治療」で、最貴重なる研究材料として、御身《おんみ》を提供しておられた……第七号室の、あの……？
I：そうです！　大正15年7月7日の昼日中《ひるひなか》に正木博士に解放治療場《ちりょうじょう》に連れてこられて以来、附属病院の「精《せい》・東《ひがし》・第一病棟」の七号室にずっと収容されていた「私」ですよ、ワタシ。「私」はあの精神病の治療場の中に少なくとも5ヶ月間……イヤ、僕の推理が正しければ、足掛け6ヶ月間は閉じ込められっぱなしだったはずですからね。
　でもまあ、そんな昔のことはともかく、この「私」のことを忘れずにいてくださって良かった。皮肉抜きで、再びお目にかかれて嬉しいですよ！
W：あのう……此処《ここ》は……？
I：ここは、九大医学部が所管する精神科病棟の第七号室ですよ、教授。若林教授がお眼醒めとあれば、僕もせっかく筆を執《と》り始めたこの「書き物」を、しばし脇に退《の》けておかねばなりませんかね……。
W：……九大医学部⁉　何故《なぜ》、九州帝国大学の病室なんぞに、この私が……。
I：違いますよ、若林教授。「帝国」は余計です。九州帝国大学ではなく、九州大学の病室(2)です、ここは。

W：……？？？

I：チョット信じられないかも知れませんが、かつての大日本帝国は今では「日本」という国号で呼ぶのが普通なのですよ。ですから、ここ九州の国立大学も「九州大学」というサッパリとした名称に改まっているのです。

まあ、僕らが見知っていた大正時代からはズイブンと時間が経ちましたからねえ……。戸惑われるのも仕方ないのでしょうが……。

W：何やら、病院の建物の様子や病室内の機器、それに窓外《そと》の雰囲気なども私奴《わたくしめ》が見知っておったものとは激変しておるのですが、今は大正何年で御座いますかな？

I：エエット……実は今は大正ではなく、令和という時代なのです。

W：れい…わぁ……？　アァアアア　年号がァ!!　年号が変わっている!!

I：教授に分かりやすく計算し直していうと、今は大正110年です。

W：まただ!!　また!!　私がこんな所に閉じ込められている間に　アァアアァ!!

I：ああ……どうやらイロイロ思い出してこられたようですね……ヨカッタ。僕らが見知っていた大正時代から、モウかれこれ95年の歳月が過ぎていますからね。そりゃあ、元号も、二回や三回は変わりますよ、教授。僕は若林教授より少しばかり早くこちらの世界で眼醒めたみたいなので、令和時代について多少は詳《くわ》しくなりましたが、やはり一世紀近くも時代が過ぎたとなると、いろいろと変化していることも多いみたいですものね。チョットした浦島太郎サンですよ、僕たちは。

Ｗ：…………。

Ｉ：そんな中でも、殊《こと》に活動写真技術の進歩ぶりには、正直いって目を瞠《みは》るものがあるのですよ、教授。

Ｗ：………カツドウ？　活動……写真が、どうかしたのですか？

Ｉ：驚かないで下さいよ、若林教授。なんと、あの正木博士が「空前絶後《くうぜんぜつご》の遺言書《ゆいごんしょ》」の中で予言しておられた「天然色、浮出し、発声映画」が、令和の世では既に実用化されているのです！

Ｗ：なんですと!!　正木先生が……、

映写致しまする器械は、最近、九大、医学部に於《お》きまして、眼科の田西《たにし》博士と、耳鼻科の金壺《かなつぼ》教授とが、正木博士と協力致しまして、医学研究上の目的に使用すべく製作されましたもので、実に精巧無比……目下《もっか》米国で研究中の発声映画なぞはトーキー及ばない……画面と実物とに寸分の相違もないところにお眼止《めど》めあらむ《ん》事を……

……などと、「トーキー」(3)と「遠く」を引っ掛けて、洒落《しゃれ》っ気タップリに嘯《うそぶ》いておられた夢の映像技術が遂《つい》に完成しておるのですか？　それでは、その……れ、れい、わぁ、の世の人々は活動写真を白黒の銀幕ではなく、色付きのカラースクリーンで鑑賞して、台詞《せりふ》も字幕を目で追うことなく、俳優の声を自分の鼓膜で直《じか》に聴くことが出来るのですか？

I：ハイ、その通りです。夢のようでしょう⁉　さらに、電話も一家に一台どころか一人一台で衣《ポッ》嚢《ケ》に忍ばせて歩くような、僕らからしたら、途轍《とてつ》もない未来空間なのですよ、この令和の世は……。

　さらに、さらに、もう一つ驚いたことには、僕らの生きていた世界は、どうやら夢野久作《ゆめのきゅうさく》という名の小説家が書いた幻魔《げんま》怪奇《かいき》探偵《たんてい》小説『ドグラ・マグラ』[4]として、一冊の本の中に封じられているようなのです。

W：幻魔怪奇探偵小説ですと……。あの「ドグラ・マグラ」[4]が、ですか？

「ドグラ・マグラ」ならばあの当時、九州帝大精神病学教室の標本室に入院患者の手書き原稿が保管してありました。ですから、大正15年には私は読み終えておりましたが、貴方様は……あの当時はまともにお読みになっておられなかったはずでは？

I：確かにあの当時、僕は「ドグラ・マグラ」を通読してはいませんでしたが、コッチの世界で眼醒めた後に、改めて夢野久作の『ドグラ・マグラ』を全文読んでみたのです。こちらの世界では『ドグラ・マグラ』は、全国の図書館はもちろんのこと、普通に日本各地の書店の棚に並んでいて、僕らが生きたあの幻魔術《ドグラ・マグラ》的な大正15年11月20日の丸一日の出来事が上下巻の探偵小説として、何やら卑猥《ひわい》なカバー絵付きの袖珍本《しゅうちんぼん》となって、合計1276円のお手頃価格で売られておりました。ちなみに、大正当時の1276円は大金でしたが、今では石村萬盛堂[5]の塩豆大福9個分ぐらいの値段ですから、どうぞご安心を！　この僕自身が主人公であるところの『ドグラ・マグラ』は、今や日本探偵小説の三大奇書呼ばわりで、どちらかといえば割と安価な袖珍本、あらため文庫本と相成っておりますから。

W：三大貴書、文庫本……ちょっとナンのことやら、私にはよく分かりませんな。

I：ですから、若林教授が読まれたドグラ・マグラは仰《おっしゃ》るとおり、九州帝大で精神病の入院患者が書いた「ドグラ・マグラ」なのです。対して、僕がお手頃価格の文庫本で読んだドグラ・マグラは夢野久作が書いた小説『ドグラ・マグラ』で、その小説の中に精神病患者が書いたとされる「ドグラ・マグラ」が出てくるのです。つまり、夢野久作の『ドグラ・マグラ』という小説では、小説の中に同じ「ドグラ・マグラ」という標題《タイトル》の手書き原稿が登場してくるという二重構造になっているのです。

W：要は、同じ標題のドグラ・マグラでも作者が違うということですか？

I：ハイ。その通りです。

W：標題が同じということは、書かれている内容も同じなのですか？

I：僕は、九大の入院患者が書いていた方の「ドグラ・マグラ」をほとんど読んでいませんから、そこは何ともいえないのですが、その辺《あた》りのことをこれから一緒に調べてみましょうか。……今から僕が教授をコッチの世界にご案内して差し上げますから、一緒に図書館にでも出かけてみませんか？　そこで『ドグラ・マグラ』や夢野久作全集の中の主だった作品を読破してみようではありませんか。そのあとで、ついでに令和時代の社会見学も兼ねて、今、一番流行《はやり》の映画鑑賞とシャレ込んでみましょうよ！

W：流行の映画……で御座いますか？　ロンチェニー主演の『ノートルダムの傴僂男《せむしおとこ》』や『殴られる彼奴《あいつ》』、夢遊病患者チェザーレが主役の『カリガリ博士』などよりも人気がある活動写真なのでしょうか、その「天然色、浮出し、発声映画」は……。

I：もちろん！　只今、絶賛上映中の人気アニメ映画『劇場版 鬼滅の刃 無限列車編』は、きっと教授のご期待を裏切らない映画作品のはずですよ。本作品はその余りの人気ぶりから一種の社会現象となっていて、映画上映を記念して劇中に登場する蒸気機関車と同じ「無限」のヘッドマークを付けた「無限列車」仕立ての臨時列車〝SL鬼滅の刃〟が博多駅に到着した時には、鬼滅の扮装《コスプレ》をした大勢のファンたちが出迎えたというくらいの大人気映画なのですからね。

W：博多駅のプラットホームに蒸気機関車が、ですか？　95年の歳月を経ておれば鉄道技術も少しは進歩しておるかと思ったのですが、博多はやはり、相も変わらぬ帝国辺境の街といった処ですか……。せめて九州の中心都市・熊本ならば、電気で走行する鉄道車両も夢ではなかったのかも知れませんが……。

I：もう、説明がイチイチ面倒なので……、鉄道や博多に関する若林教授の誤った認識はとりあえずはそのままでも結構です。今から街を出歩いてみれば、「百聞は一見にしかず」でしょうから。

W：それでは、これから天神町《てんじんのちょう》の図書館に立ち寄って夢野久作というもの書きの主な作品を読破して、その足で『鬼滅の刃』の映画鑑賞に「イザ、中洲《なかす》へ！」……ということなのですな。

ああ、なにやら瞼《まぶた》の裏に、あの華やかな東中洲の情景が浮かんで参りますなあ……。活動写真館なら世界館に電気館、喜楽館に友楽館で御座いましょうか？　それとも川丈座《かわじょうざ》にバッテン館……。いろいろと思い出して来ましたぞ、巨大な四角いビルディングの玉屋百貨店に九州劇場！

I：ああ、ご存知なかったのでしたね。中洲の映画館はもう、大洋映画劇場の他はあらかた潰《つぶ》れて無くなりましたよ。代わりに、今では昔の出来町《できまち》にあった博多駅舎から南東に500メートルほど移転して開業した博多駅ビルの9階に新しい映画館がありますから、そちらで観てみましょうかね。では、教授。まずは図書館で夢野作品から制覇《せいは》しましょうか！

W：はあ……。まあ、行き先は何処《どこ》でも構いませんが……。

I：それじゃあ、まずはコレを付けて下さいな。この令和の世界では、コレがないと図書館ひとつ入館できない世知辛《せちがら》い世の中となっているのですからね。

W：コレとは？

I：決まっているじゃないですか、マスクですよ、マスク！　令和の現在では、大正時代に流行《はや》ったスペイン風邪のような新型コロナウイルスの感染爆発《パンデミック》の真っ最中でして、街に出かける際のエチケットとしてマスクは必需品なのですよ。もっとも、この疫病が蔓延《まんえん》する前から、スギ花粉の飛散やら大陸から風に乗って福岡の街に流れ込む黄砂や工場排煙の微粒子なんぞで元々マスクが手放せない博多っ子も多かったのですが……。

W：左様で御座いますか……。令和の未来都市も、存外《ぞんがい》に良い事ばかりではないのですなあ。

I：まあ、福岡は大陸に近いですからね。たぶんこれも、腐海《ふかい》(7)の畔《ほとり》に生きる者の定めなのかも……。
W：……腐海(8)？　はて、クリミアにあったアゾフ海の入江かナニかの事で……。
I：イヤ、なんでもないです。さてと……ゴホン！
なお、今日の若林教授のスケジュールは、あくまで夢野久作の主立った作品の読破が第一で、映画鑑賞はそのあとのお楽しみですから、どうぞその点は覚悟しておいてくださいね。それでは、今から例の九大医学部の正門(9)を飛び出して、福岡県立図書館まで出発です！
W：わかりました。これから天神町《てんじんのちょう》駅の隣りにある、福岡県立図書館まで参るのですな？
I：またまた！　違いますよ〜。天神町駅は今ではスッカリ建て替わって西鉄福岡天神駅になっていますし、その隣りにあった県立図書館なんて、早良《さわら》郡脇山《わきやま》村と朝倉郡の地方事務所に分散疎開《そかい》させていた約８００点の貴重文書《もんじょ》以外は、アメリカ軍の空襲爆撃で松柏館《しょうはくかん》書店版『ドグラ・マグラ』の初版本も含む16万冊の蔵書もろとも焼け落ちてしまったのですから……。
そういった訳で、県立図書館は元々あった天神町から、西新《にしじん》の修猷館《しゅうゆうかん》校舎内の復興仮事務所を経て、東公園内に設けられた新館に移り、そこから、一回目の東京オリンピックの頃に須崎《すさき》公園内の福岡県文化会館図書部に一時移転して、その後、箱崎《はこざき》にあった九州造形短期大学の跡地に移転したのです。ですから今はこの九大病院とはご近所の、歩いてチョットの場所にあるんですよ！
W：貴方様が何を云われておるのか、私奴にはサッパリ訳が分からないのですが……。
I：そうかあ……そうでしたね。若林教授に分かりやすく説明するためには何ていえばいいか……。

そうだ、箱崎《はこざき》の網屋町《あみやちょう》にあった斎藤寿八《さいとうじゅはち》教授のお宅なら憶えておられますか？　ホラ、路面電車の工事中に狛犬《こまいぬ》のような巨大な犬神《いぬがみ》の頭骨が出土したのを祀《まつ》ったという、高麗犬地蔵《こまいぬじぞう》(10)のある辺りですよ。そのスグ近くに県立図書館が移って来ているといったら、お分かりになりましょうか？

Ｗ：まあ……。それならば、何とか………。

Ｉ：よ〜し。では問題ないですねッ！　外出許可は僕がナースステーションで取りますから、それから新生・福岡県立図書館まで出発進行です‼

《《《　**数時間後**　》》》

Ｉ：……サテと、お次は映画館ですね。

ときに教授、今しがたまで利用された令和時代の福岡県立図書館のご感想は如何《いかが》でしたか？

Ｗ：思っておったよりも古めかしい感じと申しますか……。でも、マア、それはイイでしょう。ところで……貴方様は私が夢野作品を読破しておる間にナニをなさっておいでだったのですか？ずうっと3階の郷土資料室に籠《こも》っておられたようですが……。

Ｉ：マア、ちょっとした調べ物ですよ。あそこには世界に二つと無い貴重なお宝が眠っていますからね……。病院の院長先生に紹介状を書いていただいておりますので、今日も資料室の書庫から引っ張り出してもらって拝見していたのです。

Ｗ：左様で御座いましたか……。

I：ところで如何《いかが》です、教授の方の首尾は？　精神病患者が書いた「ドグラ・マグラ」と、夢野久作が執筆した『ドグラ・マグラ』は、同じ内容でしたか？
W：その件につきましては、両者ともに大変な分量の物語ではありましたが、おそらく……。
I：……おそらく？
W：一言一句……マッタク同じでした！

注解

（1）めざめる（自下一）には「目覚める」「眼醒める」の表記があるが、本書では一日のうちで最初に目をさました場合は「眼醒め（る）」とし、同日中で二回目以降に目をさました場合には「目覚め（る）」として、両者の表記を区別する。筆者は、初回の眼醒めのタイミングと二回目以降の目覚めの回数を、ドグラ・マグラの読み解きのために重視しているからである。
（2）現在の九州大学病院（通称、九大病院）は、戦前の九州帝国大学医学部附属医院の流れをくむ大学病院。時代が移り名称や建物こそ変わったものの、九州大学医学部ともども「伊都《いと》キャンパス」へ移転することなく、今も当時のままの場所で設置・運営がなされている。「病院キャンパス」内にそびえ立つ九大病院は、九大医系学生の実習の場ともなっている。
（3）発声映画は、映像と音声とを一致させて映写する映画。対義語は、サイレント（無声映画）。
（4）『　』（二重カギ括弧）で囲まれている前者は夢野久作著『ドグラ・マグラ』。「　」（一重カギ括弧）で囲まれた後者は『ドグラ・マグラ』の作中に出てくる「ドグラ・マグラ」。この作中作「ドグラ・マグラ」の筆者は九州帝大の首席合格者だったが入学式の5日前に発狂し、同大学精神病学教室の附属病院に入院していた患者。

若林鏡太郎《きょうたろう》の説明によると、作中作「ドグラ・マグラ」の筋書きは、筆者の精神病患者が自分自身をモデルにして、正木敬之《けいし》と若林によって恐ろしい精神科学の実験を受けさせられる苦しみを詳細に描写したものであるという。なお、本書では両者をイチイチ区別せずに、カギ括弧無しで使っていることもある。

（5）福岡の老舗《しにせ》製菓店。1905年に博多・中対馬小路《なかつましょうじ》の川上音二郎の生家を借りて創業。のちに近所の須崎《すさき》町に本店舗を移転する。どちらの店舗も夢野久作が幼少期に一時暮らした博多・鰯町《いわしまち》の借家からは歩いて数分の距離にある。

石村萬盛堂は、店の前が博多祇園山笠〝追い山〟のゴール地点。また、ホワイトデー発祥の地、芸能界に入る前の小松政夫氏が働いていた製菓店としても知られる。

（6）ロンチェニーことロン・チェイニーは20世紀初頭の映画俳優。サイレント映画時代のハリウッドの名優で、「千の顔を持つ男」と評された。『ノートルダムの傴僂男』や『オペラの怪人』のファントム（怪人）ことエリック役などが当たり役で、当代きっての怪奇スターだった。

（7）宮崎駿のジブリ作品『風の谷のナウシカ』に登場する森。巨大化した菌類や蟲《むし》たちが生息し、大気は瘴気《しょうき》とよばれる猛毒に満ちている。その森の中では、防毒マスクがなければ人は5分で肺が腐り死に至るという恐怖の森。

（8）クリミア半島の付け根、アゾフ海西岸にあるアラバト砂州《さす》に囲まれた入り江の呼称。赤い色素をもつ海中微生物の影響で海水が幻想的な赤色に染まり、腐敗臭を放つことから「腐海」とも呼ばれる。風向き次第で現地の住民を悩ませるその悪臭は、「腐海の畔《ほとり》に生きる者の定め」とか。

（9）九州大学医学部と附属の大学病院で兼用されている正門のこと。『ドグラ・マグラ』の作中ではラスト近く（松柏館書店版702頁《ページ》）で、正午を知らせる大砲の空砲（ドン）の大音響のなか、主人公が大正時代のこの正門から飛び出して博多の街へと遁走《とんそう》するシーンがある。

（10）かつて千代の松原の小山には地蔵堂があった。路面電車を通す工事のために移設することになった。大正13年に発掘調査が行われると、地中から狛犬に似た巨大な頭骨が出土した。新しい地蔵堂にはこの頭骨を壺に入れて埋葬し、高僧が「魔除神・高麗犬地蔵」と命名し今日に至っている。

夢野久作はこの実話をもとに「犬神博士」（福岡日日新聞、昭和6年9月～7年1月）の着想を得たともいわれている。作中では「幻術」や「幻魔術」、もしくは「魔法」といった言葉に〝ドグラ・マグラ〟とルビが振られており、幻魔術《ドグラ・マグラ》使いの少年チイが主人公として登場する。そのような経緯から〝――呪術的な用法としての――ドグラ・マグラ発祥の地〟とも目されるこの祠は、現在進行中の九大箱崎キャンパス跡地の再開発にともなう道路拡張計画で存続が危ぶまれており、一部の地元の人々と久作ファンの間で保存が呼びかけられている。

大正時代の九大医学部正門

心　証

≪≪≪ それから数ヶ月後 ≫≫≫

W：イヤハヤ、あの日はなかなかの強行軍で御座いましたなあ。たった一日で新生・福岡県立図書館で夢野久作の主要作品を読破し、そのうえに真新しい博多駅のビルディングで映画鑑賞まで済ませたのですから。

I：でも、さすがは若林教授ですね、教授の速読っぷりにはこの僕も舌を巻きました。あんなに早く図書館を後にして、映画鑑賞まで出来ようとは！　しかも、博多駅ビル内の映画館・Tジョイ博多の銀幕《スクリーン》で『劇場版　鬼滅の刃　無限列車編』を御覧になって、感涙《かんるい》に目をうるませて映画館下の8階でエスカレーターを突然に降りると、そのまま本屋に入っていかれたのですから。

それから800坪の売場に60万冊の販売用書籍・雑誌がズラリと並ぶ「丸善」で文芸書コーナーで棚整理中の書店員を見つけて肩をポンとたたいてコミック売場まで案内してもらうと、『鬼滅の刃』のコミック全23巻をまとめ買いされていましたよね。

あの時の女性の書店員さんは、映画の余韻《よいん》に目頭《めがしら》を押さえながらレジを済ませる教授の脇で、僕ら二人を交互に見比べながら、まるで信じられないものを見たとでもいうような表情で突っ立っておられたじゃないですか……。それから、頬《ほほ》を濡らしながら僕らをエレベーターまでエスコートしてくれた彼女の涙顔を、僕は今でも忘れられませんよ。

W：ええ、まあ。映画の前後の展開が気になって、一階下に昔馴染みの本屋が出店しておったのでついつい入ったのですが……。お陰様で、帰りの地下鉄の車内で初巻から読み始めて、九大病院前駅に戻るまでには最終巻の23巻「無限城編」まで完読しましたゾ。購入したコミックの持ち運びが多少手間ではありましたが、大変に面白う御座いました。

I：地下鉄の車内で教授は『鬼滅の刃』をあっという間に全巻読破しておられましたが、あんなに機械《マシーン》のように瞬時にページを捲《めく》りながら読んでしまわれて、感動というものが本当に得られたのですか？　しかも、病室に戻ってからというもの、院長先生から頂いたｉＰａｄ《アイパッド》を片手に漫画アプリを次々にダウンロードして、今日までズット日毎夜毎《ひごとよごと》に集英社の歴代週刊少年ジャンプ作品や他誌のマンガまでも読破しておられたようですが……。

W：ええ、折角《せっかく》ですからアプリの無料サービス期間中に読めるだけ読んでおこうと思いまして、過去の少年マンガ作品から別マ（別冊マーガレット）を含む少女漫画まで、主だった作品はあらかた読み終えることができました。

それに、博多駅から新幹線で20分もあれば小倉駅前の北九州市漫画ミュージアム(11)に行けることを知りましたので、外出許可日にはＪＲの割引チケット「新幹線よかよかきっぷ」を使って開館一番から閲覧ゾーンでユッタリと７万冊の漫画単行本を自由に読破し、超速で見聞を広めておった次第で……。館長の畑たいむ先生も温かいお人柄の方で、ズイブンと親切にしてもらいましたゾッ‼　アハアハ！

Ｉ：どれだけ、令和時代に馴染《なじ》むのが速いのですか、教授は⁉　まあ、僕もその気になればレンタルブック空港東〝貸本屋まさき〟(12)で借りた貸本マンガを教授に負けないスピードで乱読して記憶できるタチではありますが、マンガを読むのにそんな能力を使いたいとは思いませんけれども……。

Ｗ：アハハ……。しかし、ｉＰａｄは便利ですな！　紙媒体のマンガはかさばるわ、重いわ、場所は取るわですから、慣れてしまえばネットでの読書も、そう悪くはありませんな。

Ｉ：ちょっと前まで、「アァアアア　年号がァ‼」と叫んでおられたというのに……恐るべき、令和時代への順応力ですね。見ているこっちの方がビックリ仰天ですよ。

Ｗ：しかし、他のマンガ作品と比べても『鬼滅の刃』は本当に素晴らしい作品でしたが、私《わたくし》、実は少しばかり気になる点が御座いまして……。

Ｉ：はあ……。何がでしょうか？

Ｗ：あの『鬼滅の刃』の作者のワニ先生……否《いな》、吾峠呼世晴《ごとうげこよはる》先生についてで御座いますが……、『鬼滅の刃』を連載されるにあたって、何と申しますか、ソノ……口《くち》の端《は》にかけるのも畏《おそ》れ多いので御座いますが、『ジョジョの奇妙な冒険』や『ＢＬＥＡＣＨ《ブリーチ》』やらと、ソノ……設定がナニやら少々重なっておるのではありますまいか？

I：⁉　……わ、若林教授ッ！　仮にも「迷宮破り《めいきゅうやぶ》」の二つ名をお持ちの名探偵の教授が、何故《なぜ》、「ソ、ソレは言いっこ無しじゃないですか」という、ごくごく簡単な推理がおできにならないのですか！　若林教授にわざわざ指摘されなくったって、少年ジャンプ黄金期世代の読者なら全員、最初っから分かっていますよ、そんなことは！　……どうしてこう、鼻が利《き》かないのかなあ？

　昭和時代に夢野久作の『ドグラ・マグラ』をミステリーとしてチャンと理解することができずに、狂人が書いた奇書ならぬ禁書扱いにして実質的に読解を放棄してしまった大方《おおかた》の読者たちと違って、とても優しい匂いがするのですよ、この令和の読者さんたちは！

W：…………………。

I：「マンガの神様」と称された手塚治虫先生の『ジャングル大帝』なんて、米国のディズニー社が後から手掛けたアニメ作品『ライオン・キング』と幾つもの類似点があったにもかかわらず、手塚先生の御遺族は、
　　ディズニーファンだった故人がもしもこの一件を知ったならば、怒るどころか「仮にディズニーに盗作されたとしても、むしろそれは光栄なことだ」と喜んでいたはずだ。

……として許容されたのです。こうして、日本のマンガ界における一種の「神の裁定」が下り、以

後はあたかも俗界における最高裁判例の如《ごと》くに機能しているのです。

そのようなこともあって、ワニ先生のように作家間でリスペクトし合いながら、お互いにオマージュ作品を繰り出して高め合ってきたのが日本のマンガ作品の美点なのだと割り切って、読者さんたちも「野暮《ヤボ》なことは言いっこなし！」と、暗黙のうちに了解して拝読しておられるのですから、察してくださいヨ、教授。

ワニ先生こと吾峠呼世晴先生も、少年ジャンプ公認スクジャンツイキャス『鬼滅の刃』関連回（2016／10／31配信）では、

Q：吾峠先生が影響を受けた作品は？
A：数えきれないが、あえてベスト3を選出するならジョジョ、ナルト、ブリーチ（特に打ち合わせ中に護廷十三隊《ごていじゅうさんたい》の話が良く出てくるらしい）

……と仰《おっしゃ》っておいでなのですから、むしろ清々《すがすが》しいまでの潔《いさぎよ》さではありませんか。
W：…………………。

注解

（11）松本零士をはじめ、わたせせいぞう、畑中純、北条司らの著名な漫画家を輩出した北九州市の漫画文化発信拠点施設。常時、企画されている漫画家の作品の原画展示はもちろん、約7万冊のマンガ単行本を自由に手に取って読める「閲覧ゾーン」は圧巻。

（12）「貸本のレンタルブック空港東」、通称〝貸本屋まさき〟は、福岡空港から2キロほどの東にある実在の貸本マンガ店。個人経営によるマンガ専門の貸本屋はこのお店を含めて全国にあと5軒ほどが残るのみで、業種としての存続が危ぶまれている。まるで、芳崎せいむ先生のマンガ『金魚屋古書店』に出てくる〝ねこまた堂〟のエピソードように、元常連客の池田昌樹さんが先代店主からお店を継承した貸本マンガ店であることから、二代目店主の名を採って〝貸本屋まさき〟の愛称で呼ばれることも。

「福岡で一番マンガを持ってる男！」を自認するマサキ博士……否、まさき店長が保有する蔵書は約6万冊。少女マンガが3万冊以上あり、お客さんの6割以上が女性客とのこと。大手資本の貸本マンガ業2社が紙媒体のリアル貸本業からの撤退の気配を見せるなか、日本のサブカルチャーの土壌を支えてきた貸本マンガ業の歴史を背負って、まさき店長は暖簾《のれん》を守り続けている。

池田昌樹店長

回レンタル料金：9冊まで100円／冊／週、10冊以上60円／冊／週。店長オススメのおためし、別名〝罠《わな》〟：0円〜。本書に登場するIは、正木博士と同じ響きの店名が気になってフラフラと店に入り、まさき店長の〝罠〟にかかって常連客になった。

ジョジョの奇妙な予告

Ｉ：……それに、荒木飛呂彦《あらきひろひこ》先生の『ジョジョの奇妙な冒険』だって、最初の頃は、ディオの……、醜《みにく》くってズル賢くって母に苦労をかけて死なせ最低の父親だったぜ！　一番の金持ちになれだと？　ああ！　なってやるとも！　おまえの「遺産」、受けとるぜ！　ひとりでも生きられるが、利用できるものはなんでも利用してやる！　だからこのジョースターとかいう貴族を利用してだれにも負けない男になるッ！

……………っていう、わりと小ヂンマリとした野望だったのが、

おれは人間をやめるぞ！　ジョジョ────ッ!!

から、

UREEYY《ウリリイイイイ》

っとなって、

「不死身」「不老不死」おれはこの世を支配できるッ

……ってな感じになったら、それに対抗する主人公のジョナサンも、それまでの線の細い少年キャラから一変して、武論尊《ぶろんそん》先生&原哲夫先生の『北斗の拳』の主人公・ケンシロウのような外見の、筋肉ムキムキの屈強な青年キャラに激変していたではないですか？

W：……マア、そうですな。

I：でも、だからといって、誰も文句をいったりしないのが、ジャンプ読者の嗜《たしな》みってものなのですよ。

W：左様で御座いましたか……。ジョジョにつきましては私奴《わたくしめ》などは、ディオが石仮面を被《かぶ》ってからの……、波紋法という名の特殊な呼吸法により、体を流れる血液の流れをコントロールして血液に波紋を起こし、敵の弱点である太陽光の波と同じ波長の生命エネルギーを生み出す！　ナゾといったような、鬼滅に通ずる超展開には正直、驚きを禁じ得ませんでしたが……。
I：そんなことぐらいで驚いていたら、ジャンプ本誌に1986年に掲載されていたという『ジョジョの奇妙な冒険』の新連載予告の惹句《キャッチコピー》なんて、若林教授が目にされた日には失神モノですよ！
W：……ジョジョの新連載予告？
I：ええ。その当時の、少年ジャンプ誌上の新年連載予告に曰く……、

新年1・2号より　お待たせ!!　荒木ファン待望の超異色作がココに!!　驚異の二重人格者ジョジョとは、いったいどんな男!?　ジョジョの奇妙な冒険　荒木飛呂彦

W：…………………。
……………だったのですから！
W：いったいどんな男!?　だったのでしょうなあ、当初予定されていたジョジョ像とは？　あの不朽《ふきゅう》の名作も、当初はマッタクの見切り発車だったという訳ですかあ……。週刊少年ジャンプらしいといえばそれまでで、マア身も蓋《ふた》もないハナシなのですが……。マッタク凄《すご》いですな、集英社は。
I：僕は、荒木飛呂彦先生の作品については、〝きれいなディオ〟が登場していた感のある『魔少年ビーティー』や、個人的には若林教授によく似た印象を持つ〝霞《かすみ》の目博士〟が登場してくる『バオー来訪者』を読んで以来ファンになりましたからね。以来、荒木先生について過去の作品関連の

データを洗い直して、作画や作風の変化について調査をしておりましたから、ジョジョの新連載予告の惹句《じゃっく》についてのデータも見逃したりはしませんよ。

W：怖ろしい読者、ですな……。

I：僕の推理では、おそらく荒木飛呂彦先生は、当初はジョナサン・ジョースターとディオ・ブランドーを、『ジキルとハイド』のような〝同一人物の肉体に宿る別人格の魂《たましい》〟にするつもりだったのだと思います。だから、作品タイトルを『ジョジョの奇妙な冒険』と命名していたのですよ。このタイトルの中の「奇妙な」というフレーズは、スチブンソンの名作『ジキルとハイド』の原題である『The Strange Case of Dr. Jekyll and Mr. Hyde（ジキル博士とハイド氏の奇妙な事件）』から捩《もじ》って付けられたのだろうというのが僕の推理です。でも、そんな読者のありきたりの予測をアッサリ裏切って、ジキル役のジョナサンとハイド役のディオを別々の人物として描き直し、そして第1部の完結間際で……、

肉体《ボディ》……きたか…

……とディオがジョナサンに語り掛ける訳ですよ、教授。

それからディオはこう続けるのです。

なぜこんな姿をあえて見せるのか………
それはジョジョ　あれほど侮《あなど》っていたおまえを今　おれは尊敬しているからだ…　勇気を！
おまえの魂を！　力を！　尊敬している…それに気づいたからだ…
おれたちはこの世において　ふたりでひとり！　つまり…
おれは　この世で　ただひとり尊敬する人間のボディ（肉体）を手に入れ　絢爛《けんらん》たる永遠を生きる！　それが　このディオの運命なのだ！

そして、この言葉を耳にした瀕死《ひんし》のジョナサンが……、

ディオ…君の言うように　ぼくらはやはり　ふたりでひとりだったのかもしれないな　奇妙な友情すら感じるよ…　そして　今　二人の運命は完全にひとつになった…

……と、その真情を独白する場面で二人を乗せた大型客船が爆沈し、第１部が完結となるのです。
それから第２部を挟んで第３部では、ハイド役・ディオの吸血鬼としての能力と、ジキル役・ジョナサンの幽波紋《スタンド》の能力が合体して、新キャラクター・ＤＩＯ《ディオ》が誕生し……、
不死身ッ‼　不老不死ッ！　スタンドパワーッ！

………と、まあ、こうなる訳です。

W：ああ！　う…美しすぎます！　その推理!!　流石《さすが》は正木先生に「超脳髄式の青年名探偵アンポンタン・ポカン博士」と褒《ほ》めちぎられた推理眼で御座いますなあ、貴方《あなた》様は……。私《わたくし》、感服致しましたゾ。

I：ご理解頂ければそれで良いのです、教授。『ジョジョの奇妙な冒険』と『ジキル博士とハイド氏の奇妙な事件』の標題《タイトル》の類似性や、ジョジョ第4部でのラスボス・吉良吉影《きらよしかげ》が爪切りで切った自分の「爪」をビンの中に大量にため込んでいた描写が夢野久作の短編『けむりを吐かぬ煙突』の美貌の連続殺人犯《シリアルキラー》・南堂伯爵未亡人が顔立ちのいい少年を殺《あや》めるたびに爪を蒐集《しゅうしゅう》していたプロットと似通っていた点、さらには吉良吉影のスタンドである「キラークイーン」の第三の爆弾・バイツァ・ダストが爆破と同時に時間を1時間ほど巻き戻してループする設定が『ドグラ・マグラ』の、いわゆる〝円環構造なるもの〟と似かよっている点などについてはチョット分かりづらいかも知れませんが、若林教授じゃなくても熱烈な週刊少年ジャンプのファンならば………

「鬼舞辻無惨《きぶつじむざん》の血を与えられて鬼化！」と「ディオの血を与えられてゾンビ化！」、
「全集中の呼吸」と「波紋法の呼吸」、
「血鬼術《けっきじゅつ》」と「幽波紋《スタンド》」、

「青い彼岸花」と「エイジャの赤石《せきせき》」、
「鬼殺隊」と「護廷十三隊」、
「日輪刀《にちりんとう》」と「斬魄刀《ざんぱくとう》」、
「竈門炭治郎《かまどたんじろう》の鬼化」と「うずまきナルトの尾獣《びじゅう》化」、

……など、キャラクターや技の設定が、どことなく似通っていることぐらいは気付いているに違いないのですから、鬼の首を取ったかようにハシャイだりしては駄目なんですよ。令和の読者さんは皆、吾峠先生のことが大好きなのですから、悲しい匂いがするようなことをいっては駄目なのです！

きっとワニ先生も、鬼滅のネタをハンティングする際には、涙を流しながら咀嚼《そしゃく》しておられたに相違ないのでしょうからネ。

W：ハア……。咀嚼する「ワニの目にも涙」という訳で御座いますか……。

隙の糸

I：……そんなコアな漫画ファンならスグに感付きそうな『鬼滅の刃』の元ネタよりもですねえ。もっと根源的なインスピレーションの源泉とでもいうべきものが、実は僕らが生きていたドグラ・マグラの世界と繋《つな》がっている気がするのですが、教授はその辺りのことをどう思われますか？
W：左様で御座いますな……。貴方様はひょっとして、吾峠先生が『ドグラ・マグラ』という小説の世界観からなにがしかの影響を受けておられて、鬼滅の作品の登場人物たちのキャラクター設定において着想の源泉としておられるのでは……と仰《おっしゃ》りたいので？
I：ハイ。
W：実は私《わたくし》も、コミックのページをめくりながら密《ひそ》かにそのような気がしておったのです。両作品とも時代背景が同じ大正時代で、主人公の竈門炭治郎《かまどたんじろう》が鬼殺隊に入隊してからは、貴方様の学生服と同じような襟《えり》が学ラン風の隊服を纏《まと》って鬼たちと死闘を繰り広げておりましたし……。
I：吾峠先生は福岡県のご出身ということのようですが、同じ福岡生まれの夢野久作の作品群から着想を得られていたらしい匂いが、仄《ほの》かにどころか芬々《ふんぷん》と僕の鼻腔《びこう》をくすぐるんですよねえ……。
W：……ならば、私奴《わたくしめ》と貴方様とで『鬼滅の刃』に結《ゆ》えられた夢野久作にまつわる目に見えぬ「隙《すき》の糸」を手繰《たぐ》り寄せて、作者が各キャラクターの設定において込めたであろう夢野作品に繋がる表現活動の動機、モチーフの謎解きに興じてみるというのは如何《いかが》で？
I：さすがは「迷宮破り《めいきゅうやぶ》」の二つ名を冠《かん》せられた若林教授、なかなかシブい、面白そうな遊びを考えつかれますねッ！　だいぶ、解放治療《リハビリ》の効果も現われてこられたようで……。先ほどの僕の暴言は謹《つつし》んで取り消します。キャラクターの設定の謎解き遊びだなんて、精神病院《こんなところ》に入れられた僕らにとっては格好の退屈しのぎになりますしね！
一方で『鬼滅の刃』とは対照的に、今やこちらの令和の世界では僕らがそこで生きていたドグラ・マグラは日本探偵小説三大奇書の筆頭に挙《あ》げられて、常人には到底、解読不可能な超難解本の烙印《らくいん》まで押された状態でして……。おまけに「読破した者は、精神に異常をきたす」……などといった流言蜚語《りゅうげんひご》まで飛び交うありさまで、すっかり異端の禁書扱い！　この謎解き遊び、やり甲斐はアリですよ。
W：……貴重な書物という意味の造語かナニかで〝三大貴書〟と呼ばれておったのかと思っておりましたが、今の貴方様のご説明で得心《とくしん》しましたが、奇書は奇書でも「構想がずば抜けて面白く、他に比肩すべきもののない本」という本来の意味の奇書ではなく、「奇妙な本」とか「奇っ怪な本」という意味合いでの三大奇書だったのですな！　他の二書は未読ながら、マッタクもって酷《ひど》いいわれようではありませんか、私どものドグラ・マグラも!!　とんだ濡れ衣を着せられたもので御座いますな〜。
I：ええ、夢野久作が眠る杉山家の菩提寺《ぼだいじ》・一行《いちぎょう》寺(13)とは御《み》笠《かさ》川（石堂《いしどう》川）を挟んで河岸に立っている濡衣《ぬれぎぬ》塚(14)の石塚と同じくらいの「濡れ衣」っぷりですよ！
試しに、朝霧カフカ先生の『文豪ストレイドッグス』の〝Q〟なんかをご覧になってみてくださいな。作中では最も忌《い》み嫌われている精神操作系の〝狂気の異能者〟との触れ込みで、夢野久作が登場して来ておりましたから……。
W：マコトで御座いますか、ソレは？
I：さらに、施《し》川《かわ》ユウキ先生の漫画作品『バーナード嬢《じょう》曰《いわ》く。』の中の描写では……、

神林しおり：
タイトル覚えるより　一冊でいいから読め
『ドグラ・マグラ』が　オススメだな
構想と執筆に　10年以上　かけられた
記憶喪失の　精神病患者が　主人公の　推理小説
読んだ者は　精神に異常を　きたすという…
バーナード嬢：

ええっ！　…なんか　読んだら　ハマリそう
でも　いかにも　サブカルっぽい　というか　中二《ちゅうに》っぽい　というか…
「今　ハマってる本は『ドグラ・マグラ』です」って言うの　恥ずかしいな
「狂気の世界に　心酔しちゃってる　この私　取り扱い注意」
…みたいなアピールに　なりそうで
神林しおり‥
バン！（机をたたく音）
なんねーよ！
てゆーか　他人から　どう見られるか　とか意識して　読書すんな!!
そんなん気にしてたら　どんな本に対しても　読者層を勝手に　ステレオタイプ化した挙句《あげく》
「私はあえて一歩引いた　距離感で読んでます」みたいな保険かけた　つまんねえ読み方しかできなくなるんだよ！
人に影響を与えられる　本っていうのは　毒になろうとも　薬になろうとも　それだけで貴重な財産なんだ！
「イタイ」とか「恥ずかしい」とか　思われようが　読了後　生き方が　変わるくらいどっぷり作品世界に　浸《つ》からないと
濃厚で価値のある　読書体験は　得られないんだよ!!!

はー　はー　はー
バーナード嬢：
プル　プル　プル

…………でしたからねえ。

このようなあんばいですから、実際にドグラ・マグラの世界にドップリ浸かって「全集中の呼吸」をしていた我々にしか、ドグラ・マグラと結びついた『鬼滅の刃』の縁《えにし》の糸を探知することは出来ないかも知れませんねえ。

W：いやはや、マックタク同感で御座いますな。

注解
（13）杉山家の菩提寺、三笑山一行寺《いちぎょうじ》は五百年以上の歴史をもつ浄土宗のお寺。室町時代に博多の辻の堂（現在の若八幡宮。〝厄《やく》八幡・厄除《やくよけ》八幡〟の愛称でも親しまれる）で開山、江戸時代に秘蔵の御本尊の仏像とともに現在地に移転した。
境内は旧唐津街道沿いで、本堂の横を流れる石堂《いしどう》川に架かる石堂橋はかつての博多の玄関口で関所が設けられていた。この地は往古は大宰府の官人が陣を構えたとされる土地柄で、近年は秋に催され

杉山家の累祖の墓がある一行寺の本堂。御本尊の脇に箱に入る大きさの秘仏がまつられていた。浦辻格央副住職のお話によると、辻の堂の時代からのものだという。ドグラ・マグラ（青黛山如月寺縁起）で美登利屋坪太郎（虹汀）が唐津から背負ってきた弥勒座像のモデルは、この仏様だったのではないかと筆者は思った。

「杉山家累祖之墓」と書かれた墓石と、その裏面（ともに泰道＝久作筆）

ライトアップされた一行寺の山門

一行寺は石堂川をはさんで濡衣塚の対岸にあたる。橋は旧唐津街道の石堂橋

る「博多旧市街フェスティバル」では協賛寺院として山門がライトアップされる。山門をくぐって左手の本堂脇に杉山家累祖の墓があり、夢野久作や茂丸、龍丸ら杉山家累祖の御霊が眠る。現在の墓石は生前に久作によって建てられたもので、墓名の金字も久作の筆によるもの。すこぶる達筆！

（14）濡衣塚は、一行寺とは石堂橋を挟んだ対岸の川沿いに立つ石塚。その名の通り、〝濡れ衣を着せられる〟という諺《ことわざ》の由来となった塚。

その昔、聖武天皇の御代《みよ》に、ある男が筑前の国司として赴任してきた。男は妻と一人娘の春姫を伴っていたが在任中に妻が亡くなり、土地の女性を後妻に迎えて一女を授かった。ところが先妻の子の春姫を疎《うと》ましく思った後妻が、漁師に「春姫様が釣り衣《きぬ》を盗むので困っている」と訴えさせた。そしてその証拠にと、寝ている春姫の夜具の上に濡れた釣り衣を重ねて、その姿を夫に見せた。逆上した夫はその場で我が娘を斬り捨てた……。その後、父の夢枕に立った春姫が潔白を訴えると、男は我が子の無実を悟る。男は罠にはめた後妻を離縁し、石堂川のほとりに塚を建てて春姫の御霊を弔ったという。以後、博多ではこの塚のことを「濡衣塚」と呼び、今に至るも各々《おのおの》の戒《いまし》めとしている。

余談ではあるが、乳児期の夢野久作に母乳を与えてくれた乳母《めのと》は濡衣の姫と同じ名で春《ハル》といった。

石堂川沿いの濡衣塚

竈門炭治郎

Ｉ：……さてと、それでは教授。まずは『鬼滅の刃』の主人公である竈門炭治郎のキャラクター、役柄の設定から読み解いてみましょうか……。

Ｗ：はい。竈門炭治郎といえばやはり、額《ひたい》の痣《あざ》がトレードマークといえるのでしょうな。この点について私奴《わたくしめ》などには、大正15年10月19日の「解放治療場の惨劇」の後に呉一郎がハデに七号室のコンクリート壁にオデコを打ちつけておったことが思い浮かぶのですが、ご当人の貴方様はどう思われますか？

Ｉ：アア、僕はあの当時の記憶を今も失ったままなのでドグラ・マグラの原稿から読み解くしか手がないのですが、おそらくは、この僕が長男だから我慢できたけど次男だったら我慢できなかったと思いますよッ！（キリッ）

Ｗ：そ、それはチョット安直すぎ……。貴方様も、戸籍上は呉家の長男ではあられましたが……。

Ｉ：実際、あの時の呉一郎のオデコの打ちつけぶりは相当なもので、正木博士や解放治療場の医員らが発見した時は顔面血だらけで絶息していましたからね。呉一郎はあの日の午後2時半頃まで仮死状態でしたが、アレは次男や三男だったら絶対に助からなかった程の傷を負っていたことは確かなのですよ、教授！

W：…………………。

I：あの「オデコ強打自殺」から数時間後に蘇生できたのは、『鬼滅の刃』の主人公の竈門炭治郎と同様に、ドグラ・マグラの主人公である呉一郎が「長男だから！」の、まさにその一言に尽きるのです！

W：……何とも無理矢理なこじつけの感が拭《ぬぐ》えませんが、その後も貴方様はドグラ・マグラのエンディング間際にもまた、同じ七号室のコンクリートの壁にオデコから激突しておられましたな。

I：そうですとも！　ドグラ・マグラからその箇所を抜粋してみると……、

私は両手で顔を蔽《おお》うた。そのまま寝台から飛び降りた。……一直線に駆け出した。するど私の前額部が、何かしら固いものに衝突《ぶっつか》って眼の前がパッと明るくなった。……と思うと又忽《たちま》ち真暗《まっくら》になった。

……という場面です。

僕の推理では、ドグラ・マグラの主人公の「私」はその後も、毎月毎月、丸一日がかりの人体実験の締めの行事として、お決まりのようにこのオデコ激突の〝頭突き〟イベントを繰り返していましたからね。そりゃあ、頭突きが得意な炭治郎と同じような額の痣《あざ》も、一時的には出来ようというものですよ。

W：………ですが、炭治郎の額の痣は炎の紋様《もんよう》のような痣で、傷跡といった感じではなかったのではありませんか？

I：おやおや？「迷宮破り」の若林教授にしては珍しく、見落とされているところがおありのようで……。購入してすぐの『鬼滅の刃』全23巻を、〈博多―九大病院前〉間の地下鉄車輌内で読んでしまうような無茶な真似をされるから、気付かれなかったのではないですか？

　炭治郎の痣は、強敵の鬼たちとの死闘を潜《くぐ》り抜ける度《たび》にその形を変化させていっていたのですよ。嘘だと思われるなら、このコミック1巻のカバー絵を御覧なさいな。ハイ、どうぞ。

W：どれどれ。……あっ、本当ですな。ヤケドの傷跡のようにオデコの左側が広く引き攣《つ》れておりますな。これは気付きませなんだ。いったい何時《いつ》から痣の模様が変化しておったのですか？

I：2巻のカバー絵ではもう炎の紋様の痣にかるく変わっていますから、コミック1巻の中で死線を潜り抜ける闘いを繰り広げていったあたりから炭治郎の額の痣は変化していたのです。

W：1巻の中での死闘といえば…………。まさか、手《て》鬼《おに》!?

I：ご名答！　鬼殺隊の最終選別があった藤襲山《ふじかさねやま》での手鬼との死闘の最中に、炭治郎は育手《そだて》の鱗滝《うろこだき》左近次《さこんじ》からもらった「厄除《やくじょ》の面〈キツネ〉」が割れるほどの勢いで激しく頭部を強打し、額の痣の上から出血しますが、このベッタリと流れ出た血の下で痣は元々のヤケドの古傷から炎の紋様のような「第一段階の痣」へと変化していたのです。このことは、この時の傷の包帯が取れたあとの場面と包帯が巻かれる前とを見比べてみればすぐに分かりますよ。さらには、「十二鬼月《じゅうにきづき》・上弦《じょうげん》の陸《ろく》」である妓夫太郎《ぎゅうたろう》との激戦を経て炭治郎の額の痣は一層の変化を示し、最終的には彼が〝痣者《あざもの》〟と呼ばれる特殊能力者へと成長していく伏線《ふくせん》となっていたのです。

W：産屋敷《うぶやしき》家には、「痣の者が一人現れると、共鳴するように周りの者達にも痣が現れるという性質がある」という先祖からの言い伝えがありましたな。やがて「日の呼吸」の使い手へと成長する炭治郎の痣は、その後、刀鍛冶の里での戦いで霞柱《かすみばしら》・時透無一郎《ときとうむいちろう》と恋柱・甘露寺蜜璃《かんろじみつり》の二人にも痣の出現を促《うなが》し、さらには鬼殺隊の他の柱たちが続々と痣者へとレベルアップするための呼び水となる、物語の仕掛《ギミック》けの中核ともいえるトリガーの役割を果たしておったのですな。

I：そうです。それらの痣も元をただせば、呉一郎と同じようにオデコや顔面などの頭部にできた傷跡に過ぎなかったのですよ。それがコミック1巻のカバー絵の傷の謎解きという訳です。

ついでにもうひとつ、炭治郎が繰り出す最終奥義《おうぎ》〝日の呼吸・終《つい》の型〟についても触れておくと、この十三個目の型のアイディアを吾峠呼世晴先生はどのような着想から『鬼滅の刃』という作品に盛り込んでおられたと、教授は推理なさっておいでですか？

W：左様ですな〜。吾峠先生の心中を覗《のぞ》き込んで、その「着想の足跡」を追って、日の呼吸・拾参《じゅうさん》ノ型の正体を推し量るためには、『鬼滅の刃』22巻の例の場面について、もう一度振り返って押さえておく必要があるでしょうなあ……。

I：教授が仰《おっしゃ》る例の場面とは……第192話「廻《めぐ》る縁《えにし》」に登場する、炭治郎による謎解きのシーンのことですね！

W：その通りで御座います。スミマセンがそちらの本棚からコミック22巻を取り出して頂けませんか？

I：これですね……。ハイ、どうぞ。『鬼滅の刃』22巻です！

W：これは忝《かたじけな》い。では、私が朗読をしてみますので、お聞き下さいませ。まずは、炭治郎の謎解きの台詞《せりふ》を第192話「廻る縁」94～98頁《ページ》目から……、

縁壱《よりいち》さん　俺の方こそ
俺たちの　祖先を　助けてくれて　ありがとう
貴方《あなた》が　いなければ　俺たちは　生まれて　いません
貴方が信じて　逃がした　珠世《たまよ》さんの協力で
無惨《むざん》を　追いつめることが　できました
貴方が　見せてくれた　日の呼吸で　俺は
戦うことが　できます
十二個の型は　驚くほど正確に　伝わっていました

何百年も　経つのに
円舞《えんぶ》　碧羅《へきら》の天　烈日紅鏡《れつじつこうきょう》　幻日虹《げんにちこう》　火車《かしゃ》　灼骨炎陽《しゃこつえんよう》
陽華《ようか》突《とつ》　飛輪陽炎《ひりんかげろう》　斜陽転身《しゃようてんしん》　輝輝恩光《ききおんこう》　日暈《にちうん》の龍・頭舞《かぶりま》い　炎舞《えんぶ》
貴方が　見せてくれた型も　十二個でした
炎柱《えんばしら》さんが　聞いた　十三個めの　型について
ずっと　考えていた
型の名前で　気になって　いたことがある
〝円舞〟と〝炎舞〟　同じ音の技名《わざめい》
それから　父さんの　言葉
〝正しい呼吸が　できれば　炭治郎も　ずっと舞える〟
父さんは　夜明けまで　ヒノカミ神楽《かぐら》を　舞っていた
ずっと
そして　今
無惨の体の　造りを見て　確信した
恐らく　十二の型は　繰り返すことで　円環を成し
十三個めの　型になる
無惨の攻撃を　くぐり抜け

脳と心臓を　斬り続けるんだ　夜明けまで
十二の型は　円舞と炎舞で　全て繋《つな》がる

I：そうでした、そうでした！　確かにその台詞です。そして、鬼舞辻無惨《きぶつじむざん》との最終決戦を前にした炭治郎のこのモノローグをヒントにすれば、吾峠先生が胸中に秘めておられた「日の呼吸・終の型」の着想の源泉にも、我々ならば自《おの》ずとたどりつくことができるのです。

W：着想の源泉、で御座いますか……。

I：そうです。僕の推理によると、おそらく「日の呼吸・終の型」十三個目の型のアイディアについて、吾峠先生は『ドグラ・マグラ』という名の探偵小説の特徴的な作品の構造から閃《ひらめ》かれたに相違《そうい》ないのです。

W：特徴的な作品の構造と仰《おっしゃ》いますと……、やはりアレですかな？

I：ええ。夢野久作ファンの多くが信じて疑わない、『ドグラ・マグラ』の円環構造です。

W：つまり吾峠先生は、幻魔怪奇探偵小説『ドグラ・マグラ』の円環構造から着想して、日の呼吸・十三個目の型として、

〝正しい呼吸が　できれば　炭治郎も　ずっと舞える〟

という、型を超越した「円環」の構図を『鬼滅』の作中に盛り込んでおられたという訳ですな。すなわち、夢野久作著『ドグラ・マグラ』の時間の構造こそ、日の呼吸の究極の型の正体!! であると。

I：仰る通りです。そもそも、日の呼吸の型は、風・炎《ほのお》・岩・雷《かみなり》・水など他の呼吸の型に比べ圧倒的に型数が多いことに特徴がありますが、この点については教授もご異存《いぞん》おありはないでしょう?

W：勿論《もちろん》で御座います。たしか私奴《わたくしめ》の記憶では、炎の呼吸は型が九つ。風の呼吸は八つ。岩は五つ。雷は七つ。水は十一。蟲《むし》は四つ。花は七つ。蛇は五つ。恋は六つ。音は五つ。霞《かすみ》は七つ。そして最後に、獣《けもの》の呼吸の型は八つ。……確かに間違い御座いません! 日の呼吸の型の数を超えるものは一つもありませんな。

I：この技の多様さは特筆すべきものとして記憶しておかねばならないのですが、では何故、他の呼吸の型は平均七つくらいしかないのに、竈門家に代々伝えられてきた神楽舞《かぐらまい》の型は、十一でも十三でもなくピッタリ十二だったのか? この十二という数字が僕の中で最初っから引っかかっていたのですよ。そうして、『鬼滅の刃』22巻「廻る縁」と同じタイトルでもある第192話「廻る縁」の98頁目のコマを目にした瞬間に、僕は確信できたのです。

そう! 「日の呼吸」の型は、柱時計の文字盤の数字と対応して、吾峠先生が生み出されていたものだったのだとネ!

W：柱時計の文字盤の数字……。それは『ドグラ・マグラ』の冒頭で、「…………ブウウ——

――ンンン」と蜜蜂の唸《うな》るような音で鳴り響いていた、例の時計の……。

Ｉ：そうです。大正15年の秋に九州帝大の精神病学教室の標本室で「ドグラ・マグラ」の原稿を発見して手に取っていた「私」に、若林教授がその原稿の内容を縷々《るる》説明しながら……、

そうした幻魔作用《ドグラ・マグラ》の印象をその一番冒頭になっている真夜中の、タッタ一つの時計の音から初めまして、次から次へと逐《お》いかけて行《ゆ》きますと、いつの間にか又、一番最初に聞いた真夜中のタッタ一つの時計の音の記憶に立帰って参りますので……それは、ちょうど真に迫った地獄のパノラマ絵を、一方から一方へ見まわして行くように、おんなじ恐ろしさや気味悪さを、同じ順序で思い出しつつ、いつまでもいつまでも繰返して行くばかり……逃《のが》れ出す隙間《すきま》がどこにも見当りませぬ。……と云うのは、それ等の出来事の一切合切《いっさいがっさい》が、とりも直さず、只一点の時計の音を、或る真夜中に聞いた精神病者が、ハッとした一瞬間に見た夢に過ぎない。しかも、その一瞬間に見た夢の内容が、実際は二十何時間の長さに感じられたので、これを学理的に説明すると、最初と、最終の二つの時計の音は、真実のところ、同じ時計の、同じ唯《ただ》一つの時鐘《じしょう》の音であり得る……という事が、そのドグラ・マグラの全体によって立証されている精神科学上の真理によって証明され得る……という……それ程左様《さよう》にこのドグラ・マグラの内容は玄妙、不可思議に出来上っておるので御座います。

……などといった感じで散々脅かしてくれた、例のボンボン時計の文字盤ですよ。

　では若林教授、『鬼滅の刃』第192話の98頁目を開いてみてください。上・中・下三段に分かれたコマ割りの一番上のコマを「時計の文字盤」に見立てると……やや傾けてはありますが時計の1時の位置に「炎舞」がきて、それから文字どおり〝時計まわり〟に2時の位置に「幻日虹」、3時に「火車」……と続き、そして12時の位置に「円舞」が対応して、ドグラ・マグラの象徴ともいえる柱時計の文字盤のイメージをそのままに「日の呼吸」の十三個目の型への飛躍、その道筋が暗示されていることがお分かりになるでしょう？　このコマ割りに示された「炎舞《エンブ》」で始まり「円舞《エンブ》」に終わる連続技の「日の呼吸」の円環構造こそ、

「…………ブウウ――――ンンン――――ンンンン…………。」で始まり、

「……ブウウウ…………ンン…………ンンン…………。」で終わる、
夢Q《ゆめキュー》の幻魔怪奇探偵小説『ドグラ・マグラ』と同じ、いわゆる円環の構図を示していたという訳なのです。

W：ナルホド……。しかも、ここで描かれている十二個目の「日の呼吸」の型である「円舞」の円が、サテは「円環構造」の円の字をも暗示しておったというカラクリだったので……。やはり、吾峠呼世晴先生は、筋金入りのドグラ・マグラ・マギアン、ドグラ・マグラファンに相違ありませぬな!!

I：ええ、違いありませんネ。誰が何といおうと……コレばっかりは！

禰豆子とモヨ子

W：……ナルホド。それでは、炭治郎の額の傷跡と「日の呼吸・終《つい》の型」についての謎解きはこれくらいにして、と……。

『鬼滅の刃』の物語で炭治郎と禰豆子《ねずこ》(15)が竈門家で生き残った二人っきりの「悲劇の兄妹《きょうだい》」と設定されておるのも、ドグラ・マグラの主人公である呉一郎とモヨ子様の境遇とナニヤラ重なりますな。もっとも呉一郎にとってモヨ子様は、自分の伯母《おば》で養親《やしないおや》でもある八代子《やよこ》の実の子であり、一方、モヨ子様にとって呉一郎は実親である八代子の養子で、二人は元々はイトコ同士から義理の兄妹となった間柄ですが……。

I：どちらも主人公である兄とその妹が不条理極まりない出来事で家族を失い、生き残った二人っきりの兄妹であるという点で共通しているということですね……。

W：はい……。また、それ以外に、禰豆子にもモヨ子様にも「一度は死にかけて蘇生した、ヒロイン性を帯びた妹」という共通点が御座います。

I：そうですね。禰豆子は炭焼きの山で家族と共に平穏《へいおん》な生活をおくっていましたが、兄の不在時に敵の首魁《ラスボス》の鬼舞辻無惨《きぶつじむざん》に自宅を襲撃されて家族全員を殺され、自身も鬼とされて人外《じんがい》の境地に落とされてしまいました。一方のモヨ子は、心理遺伝で呉一郎の自我を乗っ取った呉青秀《ごせいしゅう》の手によって姪浜《めいのはま》の自宅で絞殺《こうさつ》されます。その後、彼女は九州帝国大学の解剖室で仮死状態から奇蹟的に蘇生するものの、若林教授によって屍体《したい》台帳を改竄《かいざん》されて戸籍まで奪われ、そのまま何処《いずこ》かに拉致《らち》されてしまい、半年間も行方不明になっておりました。

W：…………………………。コホン、そうして行方不明となっておられたモヨ子様が初登場された場面は、複雑怪奇な時間経過を辿《たど》る『ドグラ・マグラ』の作中においては物語冒頭にあたる主人公「私」の眼醒《めざ》めの場面からおそらく30分以内にコンクリート壁の向こうから漏れ聞こえ始めた、例の場面で……、

……お兄さま。お兄さま。お兄さま〳〵〳〵〳〵。⒃……モウ一度……今のお声を……聞かしてエ――ッ…………

……という台詞《せりふ》から始まる一連のシーンで御座いましたな。

I：あー。アレは正直、怖《こわ》かったですよ。僕はあの時、完全に記憶を失っていて、モヨ子のことを思い出せないまま愕然《がくぜん》として縮《ちぢ》み上ることしか出来ませんでした。思わずモウ一度、背後《うしろ》を振り返

って、部屋の中に、私以外の人間が一人も居ないことを承知《しょうち》し抜いていながら……それから又も、その女の声が滲《し》み透って来るコンクリート壁の一部分を、穴のあくほど、凝視《ぎょうし》していたら……、

……お兄さま〜〜〜〜……お隣りのお部屋に居らっしゃるお兄様……あたしです。妾《あたし》です。お兄様の許嫁《いいなづけ》だった……貴方の未来の妻でした妾……あたしです。あたしです。どうぞ

……どうぞ今のお声をモウ一度聞かして……聞かして頂戴《ちょうだい》……聞かして……聞かしてエ——ッ

……お兄様〜〜〜……おにいさまア——ッ……

……というような、それは聞いている者の心臓を虚空《こくう》に吊《つ》るし上げる程のモノスゴイ純情の叫びで、臓腑《ぞうふ》をドン底まで凍らせずには措《お》かないくらいの、タマラナイ絶体絶命の声でしたからねえ。

W：……私奴《わたくしめ》もドグラ・マグラを拝読致しましたから、その辺りはよくよく存じております。確かその後の会話のキャッチボールならぬモヨ子様からの一方的な暴投球の数々といったら、それはそれは途方もないもので御座いましたからなあ。

私奴が、その時のモヨ子様のヤンデレ振りを、声色《こわいろ》を使って再現して差し上げましょう！

……お兄さま……お兄さま〜〜。なぜ……なぜ返事をして下さらないのですか。あたしです、あたしです、〜〜。お兄さまはお忘れになったのですか。妾《あたし》ですよ。あたしですよ。

お兄様の許嫁だった……妾……妾をお忘れになったのですか。……妾はお兄様と御一緒になる前の晩に……結婚式を挙げる前の晩の真夜中に、お兄様のお手にかかって死んでしまったのです。……それがチャント生き返って……お墓の中から生き返ってここに居《い》るのですよ。幽霊《ゆうれい》でも何でもありませんよ……お兄さま〳〵〳〵。……ナゼ返事をして下さらないのですか……お兄様はあの時の事をお忘れになったのですか……

I：……………………。

W：……お兄さま〳〵。何故《なぜ》、御返事をなさらないのですか。妾がこんなに苦しんで居るのに……タッタ一言《ひとこと》……タッタ一言……御返事を……

I：……………………。

W：……タッタ一言……タッタ一言……御返事をして下されば……いいのです。……そうすればこの病院のお医者様に、妾がキチガイでない事が……わかるのです。そうして……お兄様も妾の声が、おわかりになる様《よう》になった事が、院長さんにわかって……御一緒に退院出来るのに……お兄様〳〵お兄さま……何故……御返事をして下さらないのですか……

I：…………………。

W：……妾の苦しみが、おわかりにならないのですか……毎日〳〵……毎夜〳〵、こうしてお呼びしている声が、お兄様のお耳に這入《はい》らないのですか……ああ……お兄様〳〵〳〵……あんまりです、あんまりです〳〵……あ……あ……あたしは……声がもう……

I：そう云《い》ううちに壁の向う側から、モウ一つ別の新しい物音が聞え初めた。それは平手か、コブシかわからないが、とにかく生身の柔らかい手で、コンクリートの壁をポトポトとたたく音であった。皮膚が破れ、肉が裂けても構わない意気組《いきぐみ》で叩《たた》き続ける弱々しい女の手の音であった。私はその壁の向うに飛び散り、粘り付いて居るであろう血の痕跡《あと》を想像しながら、なおも一心に眼を瞠《みは》り、奥歯を噛《か》み締めて居た。

W：……お兄様〳〵〳〵……お兄様のお手にかかって死んだあたしです。そうして生き返っている妾《あたし》です。お兄様よりほかにお便《たよ》りする方は一人もない可哀想な妹です。一人ポッチでここに居る……お兄様は妾をお忘れになったのですか……

お兄様もおんなじです。世界中にタッタ二人の妾たちがここに居るのです。そうして他人《ひと》からキチガイと思われて、この病院に離れ〴〵になって閉じ籠《こ》められて居るのです

I：…………。

W：お兄様が返事をして下されば……妾の云う事がホントの事になるのです。妾を思い出して下されば妾も……お兄様も、精神病患者で無い事がわかるのです……タッタ一言《ひとこと》……タッタ一コト……御返事をして下されば……モヨコと……妾の名前を呼んで下されば……ああ……お兄様お兄様〳〵〳〵……ああ……妾は、もう声が……眼が……眼が暗くなって……

I：…………。

W：お兄様〜〜〜〜〜。あんまりです〜〜〜〜〜……
I：………………。
W：……お兄さま〜〜。妾は貴方《あなた》のものです。貴方のものです。早く……早く、お兄様の手に
　抱き取って……
I：………………。
W：……お兄さま……おにいさま……どうぞ……どうぞあたしを……助けて……助けて……ああ
　……

I：いやー、まさかモヨ子の台詞《せりふ》に若林教授が「中の人《なか》」になって声を宛《あ》ててくれる日が来ようとは……。そしてちょっと申し訳ないけど、教授の声はやっぱり気持ち悪いな‼ 申し訳ないけど‼
正直、気持ち悪いので今後一切、僕のモヨ子の声色《こわいろ》を使うことはしないで下さい！ コレ、もう二度と注意しませんからね！
W：…………折角《せっかく》、モヨ子様のお声を真似《まね》て差し上げたのに、酷《ひど》いいわれようですな。ドグラ・マグラを小説の字面《じづら》からしか受け取れない令和の読者さんには、私の声が少々気持ち悪かろうとモヨ子様のお顔は見えないのですから。貴方様の妹が美少女であろうと醜女《しこめ》と受け取られようと、そんな些末《さまつ》なことはおいといてサッサと話を進めてまいりましょう。
I：いや行くけれども、醜女は違うでしょう、絶対！ 町でも評判の美人だったんですよ、モヨ子

は!!　この後のシーンで再度登場してくる僕のモヨ子の可憐なイメージが崩《くず》れるので、ホント止《や》めてくださいよ。僕の自慢の妹の再登場シーンをドグラ・マグラから抜粋《ばっすい》すると、こんなにも美しいのですよ！　どうぞ、隣室の六号室で「私」がモヨ子と初めて対面したシーンを語ってみますので、ヨ〜クお聞きくださいな、教授！

……そうして元の七号室に帰るのかと思って居たら、その一つ手前の六号室の標札を打った扉の前で、若林博士は立ち止まって、コツコツとノックをした。それから大きな真鍮《しんちゅう》の把手《ノッブ》を引くと、半開きになった扉の間から、浅黄《あさぎ》色のエプロンを掛けた五十位の附添人らしい婆《ばあ》さんが出て来て、叮嚀《ていねい》に一礼した。その婆さんは若林博士の顔を見上げながら、

「只今《ただいま》、よくお寝《やす》みになって居ります」

と慎《つつま》しやかに報告しつつ、私たちが出て来た西洋館の方へ立ち去った。

若林博士は、そのあとから、用心深く首をさし伸ばして内部《なか》に這入《はい》った。片手で私の手をソッと握って、片手で扉を静かに閉《し》めると、靴音を忍ばせつつ、向うの壁の根方《ねかた》に横たえてある、鉄の寝台に近付いた。そうしてそこで、私の手をソッと離すと、その寝台の上に睡《ねむ》っている一人の少女の顔を、毛ムクジャラの指でソッと指《さ》し示しながら、ジロリと私を振り返った。

私は両手で帽子の庇《ひさし》をシッカリと握り締《し》めた。自分の眼を疑って、二三度パチパチと瞬《まばた》きをした。

……それ程に美しい少女が、そこにスヤスヤと睡《ねむ》って居るのであった。

その少女は艶々《つやつや》した夥《おびただ》しい髪毛《かみのけ》を、黒い、大きな花弁《はなびら》のような、奇妙な恰好《かっこう》に結んだのを白いタオルで包んだ枕の上に蓬々《ぼうぼう》と乱していた。肌にはツイ私が今さっきまで着ていたのとおんなじ白木綿《しろもめん》の患者服を着て、胸にかけた白毛布の上に、新しい繃帯《ほうたい》で包んだ左右の手を、行儀よく重ね合わせているところを見ると、今朝《けさ》早くから壁をたたいたり呼びかけたりして、私を悩まし苦しめたのは、たしかにこの少女であったろう。むろん、そこいらの壁には、私が今朝ほど想像した様な凄惨《せいさん》な、血のにじんだ痕跡《こんせき》を一つも発見する事が出来なかったが、それにしても、あれ程の物凄い、息苦しい声を立てて泣き狂った人間とは、どうしても思えないその眠りようの平和さ、無邪気さ……その細長い三日月眉、長い濃い睫毛《まつげ》、品のいい高い鼻、ほんのりと紅《べに》をさした頬《ほほ》、クローバ型に小さく締まった唇《くちびる》、可愛い恰好に透きとおった二重顎《ふたえあご》まで、さながらに、こうした作り付けの人形ではあるまいかと思われるくらい清らかな寝姿であった。……否《いな》。その時の私はホントウにそう疑いつつ、何もかも忘れて、その人形の寝顔に見入っていたのであった。

〈中略〉

私達の声が、少女の耳に這入《はい》ったらしい。その小さい、紅《あか》い唇をムズムズと動かしながら、ソッと眼を見開いて、ちょうどその真横に立っている私の顔を見ると、パチリパチリと大きく二三度瞬《まばたき》をした。そうしてその二重瞼《ふたえまぶた》の眼を一瞬間キラキラと光らしたと思うと、何かしら非常に驚いたと見えて、その頬の色が見る見る真白《まっしろ》になって来た。その潤《うる》んだ黒い瞳が、大きく大きく、殆《ほと》んどこの世のものとは思われぬ程の美しさにまで輝やきあらわれて来た。それに連れて頬の色が俄《にわ》かに、耳元までもパッと燃え立ったと思ううちに

「……アッ……お兄さまッ……どうしてここにッ……」

と魂切《たまぎ》るように叫びつつ身を起した。素跣足《すはだし》のまま寝台から飛び降りて、裾《すそ》もあらわに私に縋《すが》り付こうとした。

W：……そういえば、鬼たちとの闘いで裾もあらわに蹴り技を繰り出していた竈門禰豆子も、只今のモヨ子様同様、〝よく眠る性質《タチ》の妹〟でしたな。姪浜《めいのはま》事件の後に、私奴が保護してからというもの、モヨ子様は基本的には寝て過ごされていたような気も致しますし……。

I：それは僕の推理では、蘇生したモヨ子に若林教授が麻酔《ますい》を施《ほどこ》して、眠らせたまま拉致《らち》していたからでしょうに！　さりげなく拉致を保護にすげ替えて誤魔化《ごまか》さないでくださいね、ホンットに！

　教授は、「姪浜事件」の夜にモヨ子が仮死状態のまま九大法医学教室に運ばれてきて、そこの屍《し》体《たい》解剖室で蘇生してから白い看護婦服に着せ替えて攫《さら》ったあと、6ヶ月後の「解放治療場の惨劇」の夜に精神病科の六号室へと移送して来るまでのあいだ、モヨ子をいったいどこに隠していたのですか？

W：さあー、その辺りのことについては、スッカリ忘れてしまいましたなー。きっと、『千と千尋《ちひろ》

のではないか。の神隠し』の名前を奪われたヒロインのように、モヨ子様も何処《どこ》かで神隠しにでも遭《あ》っておられたのでは御座いませんかな？

注解

（15）禰豆子の「ね（ネ＋爾）」は、禰の俗字。禰は神事を指す「示」《しめすへん》と旁《つくり》の「爾（デイ、ネイ）」から構成される。死んだ父親のために建てた宗廟のこと。また、豆はこの場合、マメではなく木製の円形の食器で、おもに肉を盛りつけた高坏《たかつき》のことかもしれない。作者が鬼滅作品のヒロインの名に込めた意味は、これらのことを手掛かりに読み手の側で想像するしかない。

（16）本書では『ドグラ・マグラ』からの引用にあたってはモヨ子の台詞《せりふ》の中でのみ、踊り字を使用している。これは初版の松柏館書店版の表記に倣《なら》ったものである。踊り字の〳〵（くの字点）は、同一の漢字または仮名を重ねることを表す符合。おくり字、かさね字、畳字《じょうじ》、繰り返し符号ともいう。戦前は、〳〵（くの字点）のほかにも、ヽ（一の字点）や、〻（二の字点）などの踊り字が使用されていた。松柏館書店版でも行をまたいだりページの変わり目をまたいだりしないかぎり、踊り字が使われていた。

松柏館書店版ではモヨ子の初登場時（声だけ）は「……お兄さま。お兄さま。お兄さま〳〵〳〵。……モウ一度……今のお声を……聞かしてエ——ッ………」となっているが、ここで踊り字を使わなければ、「……お兄さま。お兄さま。お兄さまお兄さまお兄さまお兄さまお兄さま。

（略）」となってしまう。視覚的にも読みづらく、モヨ子の狂気度を強調する結果となってしまうので、本書では夢野久作が生前に意識していた台詞まわしである、踊り字の表記に戻した。

（17）『千と千尋の神隠し』は、スタジオジブリによる宮崎駿原作・脚本・監督による長編アニメ映画。２００１年に公開。アカデミー賞の長編アニメーション部門、ベルリン国際映画祭の金熊賞をはじめ、数々の賞を受賞。主人公・荻野千尋はある日異界へと迷い込み、魔女に名前を奪われる。そこでは〝千〟という名で呼ばれることに……。

なお、同じく宮崎駿作品である『風の谷のナウシカ』のアスベルと、『もののけ姫』のアシタカの声を演じた松田洋治は、１９８８年公開の実写映画『ドグラ・マグラ』（松本俊夫監督）で主人公・呉一郎を演じた俳優としても知られる。

余談ではあるが、中国の新星出版社から２００９年に刊行されたドグラ・マグラ（『脳髄地獄』）には、宮崎駿監督が『千と千尋の神隠し』と『もののけ姫』を引き合いに出して同書を推薦する――裏《エビ》付け《デンス》不明の――帯文が添えられている（１１３頁の注解34を参照）。

悲劇の兄妹

I：マッタク、もう……。モヨ子は産みの親である八代子《やよこ》伯母と義理の兄である僕、呉一郎とひとつ屋根の下で仲睦《むつ》まじく暮らしていたというのに……。あんな事件に巻き込まれて、しかも行方不明になっていただなんて……。
W：まあ、何はともあれ、美人で評判の主人公の妹が突然、残酷な事件に巻き込まれて「人外《じんがい》の者」となってしまったという展開も、『ドグラ・マグラ』と『鬼滅の刃』、双方の作品における共通点として挙《あ》げることが出来ますな！
I：…………ま、そういうことではありますがね。でも、僕の愛《いと》しいモヨ子ほどの美少女は、姪浜はおろか博多、否《いや》、日本広しといえども一人として居ないはずですからねえ。禰豆子も確かに可愛らしい大正美少女ですが、モヨ子の方が断然、美人です！
W：確かに、貴方様の妹さんは美人ですが……。私《わたくし》がモヨ子様を九州帝大精神病科の六号室に移送したのは大正15年10月19日の夜のことでしたが、同日の昼下がりに、貴方様が自殺なさるおつもりで七号室のコンクリート壁に全力で頭突きされても死なれなかった石頭ぶりとともに、その妹を溺愛《できあい》する兄バカぶりも、呉一郎と竈門炭治郎の共通点としてカウントしておいて差し上げましょうか？　実際、呉一郎に限らず、夢野久作の作品には貴方様のように、妹にはメロメロのシスコンのお兄様が数多く登場して参りましたからなあ。

I：そうですとも！　『ドグラ・マグラ』以外にも、夢野作品に登場する妹おもいの兄は『ルルとミミ』『瓶詰《びんづめ》の地獄』『一足《ひとあし》お先に』……などなど、数えあげたらキリがないですよ。まさに「妹萌《も》え」のパイオニアですよ、夢野久作は！　日本で初めて切絵を使って仕上げた創作童話『ルルとミミ』の作中の一節なんて……、

その手を妹のミミがソッと引き寄せて接吻《せっぷん》しました。兄妹《きょうだい》は抱き合って喜びました。

……ですものね。

高橋留美子先生の『うる星《せい》やつら』に登場する水乃小路《みずのこうじ》トンちゃんを「お兄様」と恋慕う妹の水乃小路飛鳥《あすか》なども、夢野作品の中の妹ヒロインがモデルではないかと僕は勘繰《かんぐ》っているのですよ。まあ、この留美子作品の二人も、見ようによっては、ある種の「悲劇の兄妹」といえなくもありませんが……。

あと、水乃小路飛鳥はその可憐《かれん》な容貌に似合わぬ人間離れした怪力の持ち主でありますが、この

怪力特性についてはモヨ子というよりも、『ドグラ・マグラ』で解放治療場の中に収容されていた十人の狂人のうちの一人で、畠《はたけ》の縁《へり》にいつも踞《かが》まっていた、瘠《や》せこけたソバカスだらけの少女の能力と類似していると捉《とら》えた方がいいのかと、僕は考えているのですが……。

W：ああ、ナルホド……。水乃小路飛鳥に限らず、主人公・諸星あたるの連載当初の恋人設定だった三宅しのぶも、教室の机や丸太や熊などの大きくて重いものを平気で持ち上げたり投げたりする怪力の持ち主として描かれておりましたが、これらの「怪力少女」のイメージも、あの解放治療場の狂少女の特殊能力に一脈通じておるという訳ですな？

それでは、この私奴が『ドグラ・マグラ』の中から、その少女・浅田シノの初登場シーンが記されたくだりを抜粋して朗読して差し上げましょう！

I：ハイ。よろしくお願い致します、教授。

W：では、コホン……、

次には今の老人と青年の、遥か背後《うしろ》の方に踞《かが》まっている一人の少女にレンズを近付てみます。お見かけの通り、幽霊みたように青白く瘠《や》せこけたソバカスだらけの顔で、赤茶気た髪を括《くく》り下げに致しておりますが、老人が作りました畠《はたけ》の縁《へり》に踞みまして、繊細《かぼそ》い手で色んなものを植え付ておりります。桐の落葉、松の枯枝、竹片《たけぎれ》、瓦《かわら》の破片なぞ……中には何処《どこ》で見付たものか、青い草なぞもあります。しかし何しろ相手の畠が、サラサラした白砂《はくさ》の畝《うね》で御座いますから、竹の棒なぞはウッカリすると倒れそうになるのを、御覧の通り色々と世話を焼いて真直《まっすぐ》に立てております。あんな面倒臭い事をせずとも、グッと砂の中に突込んだら良さそうなもの……と思われる方があるかも知れませぬが、それは失礼ながら素人《しろうと》考えで……この少女は瓦片《かわらぎれ》や竹の棒なぞを、やはり普通の草花か何かの苗だと信じ切っておりますので、決してそんな乱暴な扱いを致しませせぬ。さも大切そうに根方《ねもと》に砂を被《き》せておりまする処がねうちで……しかし、それでも折角《せっかく》、世話してやった竹の棒が二三度も倒れますと……アレ、あの通り癇癪《かんしゃく》を起しまして、柔かい草の苗と同じように、竹の棒を何の苦もなく引千切《ひっちぎ》って棄ててしまいます。あの繊細《かよわ》い、細い腕から、どうしてあんな恐ろしい、男も及ばぬ力量《ちから》が出るかと、怪しまるるばかりで御座いますが、実は人間というものは、どんな優しい御婦人でも、大抵あれ位の力は持《もっ》ておられますので……ただ……人間は、ほかの動物に比べて上品な、弱いもの……殊《こと》に女は……と云ったような暗示が、先祖代々から積み重なって来た結果、それだけの力を出し得ずにおりますので、それが精神に異状を来すか、地震、火事と云ったような一大事にぶつかるか致しますと、その暗示が一時的に破れまするために、本来の腕力に立帰りまする事が、現在、只今、この少女によって証拠立られているので御座います。毎度説明が脱線致しまして申訳ありませせぬが、これは正木博士の『心理遺伝』を逆に証明する実例で御座いますから、特に申添えました次第で御座います。

I：……この少女のキャラクター設定については、『キン肉マン』で少年ジャンプ黄金期を築かれたゆでたまご先生は意識しておられなかったかも知れませんが、性別の違いこそあれ、あるいは主人公のキン肉星のスグル王子が危機に陥るたびに発動していた特殊能力、〝火事場のクソ力〟と同質の潜在能力だったと言えるのかも知れませんね？

W：ナルホド、確かに……。それでは高橋留美子作品のキャラクター設定におけるドグラ・マグラとの類似点についての話に戻りますと、名作『めぞん一刻』の中で、一号室の住人だった一ノ瀬のおばさんが酒盛りをしているときに「チャカポコ、チャカポコ」と騒ぎだしてはチャカポコ踊りをたびたび披露しておりましたが、普通ならば阿呆陀羅経《あほだらきょう》(18)に節をつける時は「チョボクレ、チョボクレ」の囃子《はやし》ことばを入れるところを、「キチガイ地獄外道祭文」の中で正木先生が熱演しておられた「チャカポコ」と同じ〝間《あい》の手〟を入れておった辺りが、ドグラ・マグラのパロディのように拝察できなくもありませんなあ……。

I：……ですよねえ。あの「キチガイ地獄外道祭文――一名、狂人の暗黒時代――」の本文で、面《めん》黒樓万児《くろうまんじ》(19)こと正木博士は実に230回も「チャカポコ」を唱えておられましたからね……。

W：230回も！　……というか、数えられたのですか、貴方様は？　あの「キチガイ地獄外道祭文」に出てきていた間《チャカポコ》の手の回数を！

I：はい。教授はご存知ないかも知れませんがね、ドグラ・マグラを何の先入観(20)もなく読みはじめたビギナー読者さんでも、あの「キチガイ地獄外道祭文」の辺りまで来るとかなりの数の脱落者が出るらしいのですよ。人類はじまって以来の狂人の歴史と大正時代の〝精神病院〟と称されていた狂人の牢獄の実態を描いた、チャカポコ弾丸の降り注ぐ狂気の領域《ゾーン》を潜《くぐ》り抜けることが出来ずに、「私はここで一日、いや一時間でも耐えることができるだろうか」と本の頁《ページ》をパタンと閉じて……。

でも僕は、一ノ瀬のおばさんの、あのスッ飛んだチャカポコ踊りは、高橋留美子先生がそのようなドグラ・マグラの「外道祭文」に託した夢Ｑの狂人の暗黒時代に対する告発を、肯定的に捉えておられた証左だったと考えて差し支えないのかも知れないな、とね……。

注解

(18) 阿呆陀羅経は江戸中期、乞食坊主が時事風刺の文言を盛りこんで唱えた滑稽な俗謡。小さな二つの木魚を叩き、または扇子や杖で調子をとりながら早口に謡《うた》い、戸ごとに銭を乞うた。本来、節をつけて「ちょぼくれ、ちょぼくれ」と囃子《はやし》ことばが入るが、正木博士は外道祭文では自ら「チャカポコ、チャカポコ」の〝間の手〟を連発する。

(19) 面黒樓万児は「キチガイ地獄外道祭文」の作歌者名として正木博士が用いた通り名。『ドグラ・マグラ』本編には正木博士が「面白い」を「面黒い」と言い替えるシーンが2度ほどあり、「面黒樓」はそれをモジった姓とも考えられる。下の名の「万児」は、絵画好きの夢Ｑが葛飾北斎の晩年の雅号〝画狂老人卍《まんじ》〟にあやかってつけたものか。なお、これはあくまで本作の主人公Ｉの憶測。

(20) ドグラ・マグラにまつわる「先入観」については、本シリーズ三巻目（モーサマの眼とヨコセイの四月馬鹿《エイプリルフール》…の巻）で触れる予定、お楽しみに！

萌　え

W：……ところで、貴方様は先ほど……夢野久作は「妹萌《も》え」のパイオニア云々《うんぬん》と仰《おっしゃ》っておられましたが、「萌え」とは一体、どのような概念なので御座いますか？

I：僕に尋ねるよりも、お手元のｉＰａｄで検索なさってみては如何《いかが》ですか？　その方が、僕なんかが説明するより、よほど正確でしょうし……。

W：ああ、ナルホド……。では、では、早速、検索をば……。

《《スーー、ス、スーー、……、スーー、……ピッ。》》

あー、在りました！　えー、goo 辞書＞国語辞書＞品詞＞名詞＞「萌え」の意味によると……、

もえ【萌え】の解説
ある物や人に対して抱《いだ》く、一方的で強い愛着心・情熱・欲望などの気持ちをいう俗語。必ずしも恋愛感情を意味するものではない。

［補説］平成2年（1990）前後から漫画・アニメ愛好者の間で使われ始めたという。そのため、対象も初めは架空の人物が中心であった。意味についての確かな定義はなく、対象に対して抱くさまざまな好意の感情を表す。感動詞的な用法もある。

［補説］2013年10月に実施した「あなたの言葉を辞書に載せよう。」キャンペーンでの「萌え」への投稿から選ばれた優秀作品。

◆狂おしいまでの庇護欲《ひごよく》。〈deeji さん〉

◆産毛をなでるようなそわそわした感覚。〈よしおさん〉

◆背徳感を伴う心のむずがゆさ。〈Rena Reina さん〉

◆可愛すぎて身悶《みもだ》える、小さきもの、はかなげなもの。〈Ryuichi HF さん〉

◆マンガやアニメに登場する人物の特徴（眼鏡や髪型等）や仕草に対する嗜好《しこう》の発露。「眼鏡――」「ツインテール――」〈yo_go さん〉

◆特定の偶像に接したときに心の中で芽生える慈《いつく》しみの感情。〈しょんさん〉

◆未完成・未成熟な存在に対して沸き起こる情念。完成・成熟した存在には、尊敬・憧憬《しょうけい》となる。〈カンパリ＝フレアさん〉

◆①冬枯れの地に春草が生えてくるように、寂々《じゃくじゃく》とした心に芽生える未成熟な愛情。②好きになりそう、好ましいの意味を持つ話し言葉。語尾を伸ばして強調して使われる。〈radio_be さん〉

◆性的欲求を伴《ともな》わない興奮。理由無く心を掴《つか》まれるもの。対象そのものではなく特定の要素・要因に対して興奮すること。主に観賞における嗜好の発露。〈mi-u さん〉

◆憧れと性的興奮を合わせた感情を、応援する気持ちで美化したもの。男性が女性アイドルに対して感じる事例が多く、現存の人間へも仮想的な対象へも使われる。秋葉原等ではこの感情を利用した産業が成立しつつある。〈自称たけしさん〉
◆平成期に形成された美意識で、アニメ・漫画などにおける美的理念の一。愛くるしいものから匂い零《こぼ》れる魅惑、その息吹きに触れた心のわななき。また、それを感じたときに発する語。↓侘《わ》び　↓寂《さび》　↓物の哀れ　⇕萎《な》え。〈∞寿限無∞さん〉
◆胸の高鳴りは止められないが、明らかに愛とか恋とはいえないと自ら判っている状態。もしくは、愛したり恋したりすることができない非現実に対して、そのような感情を持った場合を指す。〈たっつんさん〉

I：……そうそう。だいたいそんな感じの概念ですね、「萌え」というのは！　僕が「夢野久作こそ萌えのパイオニア！」といったのはですね、教授。……モヨ子の存在もあってのことなのですが、なんといっても久作が出家した時の法名《ほうみょう》が、とても意味深長なモノだったからなのですよ。でも、そのことについては、またのちほどお話ししますね。
W：？？？

傑作の鉱脈

I：……さてさて、若林教授が、「萌え」の何たるかをシッカリと学習されたところで、日本のマンガ・アニメ文化と『ドグラ・マグラ』のつながりについて話題を戻しましょうか。
　先ほどまでは高橋留美子先生の名作『めぞん一刻』の中で登場してくるチャカポコ踊りと、『ドグラ・マグラ』の作中でも特に有名なチャカポコ領域《ゾーン》について議論をしていた訳ですが……。
W：左様《さよう》で御座います。ですが、私奴《わたくしめ》と致しましては留美子先生の作品の中から特に一作品を挙げるとするならば、一場面といってよい『めぞん一刻』よりも、映画化された『うる星やつら2　ビューティフル・ドリーマー』の方をこそ推《お》したい気持ちが強いのですが……。
I：あっ、あれはですね、教授。ぼくには高橋留美子先生の、というよりも、押井守監督の作品といった感じですね！
W：……それでは貴方様は、『うる星やつら』のアニメ映画第二弾として1984年に公開された『ビューティフル・ドリーマー』では、原作者の留美子先生は映画づくりにはあまり深くかかわっておられなかったのだろうと、そのようにお考えなのですか？

Ｉ：ええ。実際『ビューティフル・ドリーマー』について何かの対談で、「押井さんの『うる星やつら』です。」と、留美子先生ご自身も語っておいでだったようですし……。ですから、こちらのアニメ映画作品は、高橋留美子作品というよりも押井守監督の初期の代表作として捉《とら》えた方が正鵠《せいこく》を射ているのでしょうね。その上で我々の推理の嗅覚《きゅうかく》をもってすれば、この作品からもドグラ・マグラの匂いが芬々《ふんぷん》としてくる！　という訳なのです。

Ｗ：ナルホド～、あの作品のプロットの胆《きも》ともいうべき、友引《ともびき》高校文化祭前日を舞台とした丸一日をループしながら延々と繰り返し続ける……というエンドレスな設定なんぞは、ナニやらドグラ・マグラからインスパイアされておったような感がありますからなあ。

Ｉ：そうですよ。あの作品は押井守監督がアニメ監督として頭角を現されることとなった出世作でしたからねえ。そして、その後のサブカルクリエイター達に与えた影響も大きかったようで、『涼《すず》宮《みや》ハルヒの憂鬱《ゆううつ》』の作者・谷川流《たにがわながる》先生は……、

『涼宮ハルヒ』シリーズは『うる星やつら』、高橋留美子さんというより、むしろ無意識に出てしまっているのは押井守さんのほう。『うる星やつら２　ビューティフル・ドリーマー』が好きだった。

と語っておられるほどです。

W：そうだったのですか……。それでは『涼宮ハルヒの暴走』の中でヒロインのハルヒが「夏休みを全力で遊ぶ！」と宣言して以降、夏休み最終日の8月31日までの時間を延々と1万5532回もループして繰り返し遊び続ける短編ストーリー「エンドレス・エイト」は、押井守監督の『ビューティフル・ドリーマー』へのオマージュ作品だったという訳なのですな。

I：……そういうことになりますね。谷川流先生が『ドグラ・マグラ』を読んでおられたかどうかは僕には分りませんが、僕の推理では〝終われない8月の夏休み〟をテーマにした「エンドレス・エイト」は、系譜的にいって「ループもの」作品としてはドグラ・マグラの孫の世代からのオマージュ作品ということになるのです。なにしろ『ドグラ・マグラ』は初版本の刊行が1935年でしたからね。今『ドグラ・マグラ』を手に取る読者層は作者の孫を通り越して曾孫《ひまご》、玄孫《やしゃご》にあたる世代になりますから、「ループもの」や「記憶喪失もの」作品を目にする読者たちも、そして、星の数ほどいるサブカルクリエイターたちでさえ、『ビューティフル・ドリーマー』の背後の『ドグラ・マグラ』の影には気付いていないというのが現状なのですよ。

W：まあ、どうもそのような雰囲気ですなあ。例えばループ系のマンガ作品を少しばかり挙げてみますと、手塚治虫先生の『火の鳥異形《いぎょう》編』を筆頭に、『時をかける少女』、『未来日記』、『シュタインズ・ゲート』、『魔法少女まどか☆マギカ』、『Ｒｅ：ゼロから始める異世界生活』、『僕だけがいない街』、『東京卍リベンジャーズ』などいくらでもありますし……。私奴にいわせれば、ドグラ・マグラは日本の……、否《いや》、世界のサブカル作品群の「原点にして頂点」で御座いますからな！

Ｉ：まあ、そのように評価しても、決して過大評価とはならないのかも知れませんよ。しかし、その独立峰の頂《いただき》が雲の上高くにまで突き出ていることから、著者の夢Ｑ以外にはまだ誰も、その頂からの景色を目にした者はいない！　というのが現状のようなのです……。

Ｗ：ナルホド……。それでも、『ドグラ・マグラ』を読破した者のうちの幾許《いくばく》かは、その作品世界から強烈な刺激やインスピレーションを受けて、山の何合目かは知りませんが、そこから垣間見《かいまみ》た景色を各々《おのおの》のイマジネーションで昇華して多くの作品を誕生させてきた、と……。つまり、『ドグラ・マグラ』はある種のサブカル作品の素材の宝庫として、今もひそやかに、ひぐらしのなく頃に[21]でも鍬《くわ》を揮《ふる》って、そこから原石を採掘し続けている漫画家先生がおられるということなのでしょうな。

Ｉ：ええ、おそらくは……。僕が思うに、『サマータイムレンダ』[22]の田中靖規先生はともかくとしても、週刊少年サンデーに連載されていた『うしおととら』[23]の藤田和日郎《かずひろ》先生は、かなりコアなドグラ・マグラファンに相違ないですよ。

Ｗ：……ン？　ああ、ナルホド。呉一郎が九大の解放治療場内で鍬を揮って大暴れしておった、あ・・・の事件のことですな。『うしおととら』の主人公・蒼月潮《あおつきうしお》が〝獣《けもの》の槍《やり》〟を手にすると髪の毛が長～く伸びて、戦闘能力が驚異的に増す設定など、〝鉢巻儀《はちまききぎ》作《さく》の鍬〟を手にした呉一郎が直後に蓬々髪《ぼうぼうがみ》を振り乱しながら別人のようになって暴れ回った姿に重なりますからなあ……。あの「解放治療場の惨劇」の際には、基本的には身体の線の細い印象の呉一郎が、監視人として置かれていた柔道四段の甘粕藤太《あまかすとうた》の両腕をがっしと摑《つか》み、体量二十貫《かん》のその巨体を上下縦横に水車《みずぐるま》の如く振り廻しておりましたからな。

I：それから、『うしおととら』では物語の中で重要な位置を占める〝千年物品《アイテム》〈獣の槍〉〟の誕生秘話にかなりのページが割《さ》かれていますが、あのプロット手法などもかなり『ドグラ・マグラ』的な匂いが僕にはするのですよ。

W：……と申されますと？

I：具体的に説明すると、『うしおととら』では春秋戦国（前770〜前403、前403〜前221年）の乱世の中国で、ジエメイというう若い娘が自らを生贄《いけにえ》として捧げて〝獣の槍〟を誕生させていますが、これには『ドグラ・マグラ』において唐帝国の玄宗《げんそう》皇帝（在位712〜756年）の御代《みよ》の末期、安禄山《あんろくざん》の乱（755〜763年）の時代を生きた忠君愛国の志をもつ若き宮廷画家・呉青秀《ごせいしゅう》の願いを叶えるために自ら望んで死美人図のモデルとなることを受け入れた楊貴妃《ようきひ》の侍女・芳黛《ほうたい》と、彼女の自己犠牲によって誕生した〝千年物品《アイテム》〈呪いの絵巻物〉〟という設定が、ナニヤラ重なって見えてきますからねえ……。

そして、それぞれの千年物品《アイテム》が、製作者である刀鍛冶や天才画家の負の感情を存分に吸い取って、後の世に様々な災厄《さいやく》や犠牲者を出しながら〝封印されし呪いの物品《アイテム》〟として主人公の家で代々受け継がれてきたという設定までが、そっくり瓜《うり》二つなのです。

W：藤田和日郎先生は、他に『からくりサーカス』という傑作も世に送り出しておられますな。こちらの作品にも『ドグラ・マグラ』の影が見え隠れしておるようで……。

この物語はサーカス編、からくり編、からくりサーカス編、機械仕掛けの神《デウス・エクス・マキナ》編の４編から構成されておりますが、その本編とも目《もく》される、からくりサーカス編の主人公である才賀勝《さいがまさる》や巨魁《ラスボス》のフェイスレスが、私奴にはドグラ・マグラにおける呉一郎や呉青秀の役どころを押さえた配役となっておるように見受けられるのですが……。

I：ああ、『からくりサーカス』における、あの記憶の〝転送〈ダウンロード〉〟の設定ですね。

W：左様《さよう》。デジタル化した記憶や人格を他者の脳に焼き付けて、その肉体を乗っ取るという『からくりサーカス』の作中に登場してくるシステムです。これは、私奴が推理したところでは、藤田和日郎先生が『ドグラ・マグラ』の中に登場する〝心理遺伝〟からインスパイアされて閃《ひらめ》かれた設定ではなかろうかと拝察致した次第で御座います。

もっとも、この〝心理遺伝〟については、『鬼滅の刃』の中に登場してくる〝記憶の遺伝〟の方が、よりストレートな意味でドグラ・マグラからヒントを得たオマージュ設定だったような気も致しますが……。

『からくりサーカス』では全ての事件が、何百年も前のとある悲劇から引き起こされたとされ、そこから現在に至るまでのエピソードが多くの登場人物の視点で描かれておりますが、それらが時系列通りではないといったプロット構成も、ドグラ・マグラのそれとの共通項として挙げることが可能なので御座います。

I：『からくりサーカス』ではそれらの過去のエピソードが、現在におけるストーリーが進行するにつれて徐々に明らかになっていきますが、過去のエピソードにまつわる手掛かりが物語の各所に散りばめられている点については、ドグラ・マグラと同じ手法を用いているといえなくもありませんね。

W：ですが、それらの伏線回収を、藤田和日郎先生は『からくりサーカス』の作中でしっかりと完了させて物語を終えておられるのに対して、『ドグラ・マグラ』の著者である夢野久作は、ストーリーの風呂敷を広げに広げた挙句《あげく》、その謎解きを主人公である「私」や読み手の「私たち」一人ひとりに投げかける形で筆を擱《お》いております。この点については、両者の大いなる相違点と申し上げるしかありますまい。

I：戦前にはあまり一般的ではなかった「謎掛け物語《リドルストーリー》」形式のミステリーということですね。マッタク教授が仰《おっしゃ》る通りです。しかも、『ドグラ・マグラ』は発行の翌年に夢野久作がポックリとこの世を去ってしまい、ドグラ・マグラの謎解きの答えを杉山家の菩提寺《ぼだいじ》である博多の一行寺《いちぎょうじ》のお墓の中に持っていってしまったのですから、読者としてはたまったものではありませんよ。

W：著者としては、読者自身が自力で謎を解くべき「リドルストーリー」[24]として『ドグラ・マグラ』を執筆しておったのでしょうが、その真意を誰も汲《く》み取ることができずに、本来であれば個々の読者がなすべきだった『ドグラ・マグラ』の物語を綺麗に畳《たた》むという迂遠《うえん》な作業を、我々二人が生みの親である夢野久作サンから仰《おお》せつかっておるといったようなぐあいの構図となっておると理解すればヨロシイのですな？

I：ええ。幻魔怪奇探偵小説《ドグラ・マグラ》内に組み上げられた「脳髄の迷宮」の86年掛かりの迷宮破りという訳ですよ、教授。もう、実際のところ、令和の世の中を見渡した限りではドグラ・マグラは筥崎宮《はこざきぐう》の放生会《ほうじょうや》(25)のお化け屋敷でも見物するような扱いで読まれているようですからね。

W：ウーム……………ネットで検索する限りでは……、

「ワタシ、外道祭文の頁《ページ》のあたりで、逃げ出して来ちゃった！」

「僕は、青黛山如月寺縁起《せいたいざんにょげつじえんぎ》までは、読んだけど、あそこで脱落したなあ……」

「スゴーイ！　アタシなんて巻頭歌で、もう怖くなって本を閉じたワ」

「ナアーンダ、意気地のない。俺なんか、最後の『……ブウウ…………ンン…………ンンン…………。』まで、読破したぜッ！」

……といったような感じでして、確かにドグラ・マグラについての話題は謎解きどころか、どこまで読んだか、どこでやめたかといった次元の話が専《もっぱ》らのようですからな。

I：はい。ドグラ・マグラの物語の中で次々と起きる怪事件を、「普通に推理小説として読み解こう！」と思ってページをめくっている読者はいないようですもんね。令和の読者さんたちはドグラ・マグラの謎解きはあきらめていると見たほうが良いですよ、教授……。

つまり、ドグラ・マグラの彼方此方《あちらこちら》に埋め込まれた謎解きの伏線を綺麗に回収しようと考えている者は、呉一郎の記憶回復実験の当事者である我々二人の他にはいないというのが現状なのだということです、ハイ。

注解

（21）『ひぐらしのなく頃に』は、2002年発表のサウンドノベル物のコンピュータゲーム作品。後にマンガ・アニメ化される。物語の各編は、それぞれが「似通った時間軸で進みながらも別個の物語」であるという、パラレルワールドのような関係性をもっている。そのために、類似したシナリオの物語を繰り返し俯瞰するという、『ドグラ・マグラ』を彷彿とさせる一種の〝ループもの〟としての側面がある。

また、「田舎の有力者の間で祖先から受け継がれる発狂の呪い」や「呪いを受けた加害者が発狂するたびに引き起こす虐殺の数々」、「残虐性を強調した殺傷表現や暴力的で猟奇的な描写」、さらには各編の冒頭に掲げられる独特な詩が『ドグラ・マグラ』の巻頭歌を思い起こさせるなど、両者には類似したプロットが多く見られる。

（22）『サマータイムレンダ』は、田中靖規による漫画作品。夢野久作著『ドグラ・マグラ』の物語中に作中作「ドグラ・マグラ」が出てくるという設定に似て、『サマータイムレンダ』と同じ標題の「サマータイムレンダ」という小説が作中に登場するシーンがある。また、主人公が特定の数日内の時間を何巡もループするといったプロットも、ドグラ・マグラのそれを彷彿とさせる。

(23)『うしおととら』は、藤田和日郎による漫画作品。週刊少年サンデー1990年6号〜1996年45号に連載された妖怪バトルアクション少年漫画の傑作。日本マンガ界屈指の名作!

(24)リドルストーリーとは、物語の形式の一つ。作中で提示された謎が解決しないまま終わるもの。物語の結末を意図的に伏せることで読者の想像にまかせる作品を指す。ストックトンの短編『女か虎か?』や、芥川龍之介の『藪《やぶ》の中』が有名。

(25)放生会は、博多では〝ほうじょうえ〟ではなく、〝ほうじょうや〟と発音される。春の博多どんたく、夏の博多祇園山笠とならぶ博多三大祭の一つ。初秋の9月中旬の7日間、福岡市東区箱崎の筥崎宮で催され、参道には全国から約五百の露店商が軒を連ね、百万人以上の参拝客で賑わう。戦前の世界観とも通じる見世物小屋やお化け屋敷には、他県民の多くがショックを受ける。

ウィキペディア評

W：……マッタク、その通りのようですな。貴方様のただ今のお話しの最中に私がｉＰａｄ《アイパッド》でウィキペディアを閲覧して『ドグラ・マグラ』の概要説明を検索してみたところでは……以下の如《ごと》くの、実にアンマリな解説なのであります。

ドグラ・マグラ
出典：フリー百科事典『ウィキペディア（Wikipedia）』《２０２１年現在》
『ドグラ・マグラ』は、探偵小説家夢野久作の代表作とされる小説で、構想・執筆に10年以上の歳月をかけて、１９３５年に刊行された。小栗虫太郎『黒死館殺人事件』、中井英夫『虚無への供物』と並んで、日本探偵小説三大奇書に数えられている。
「ドグラ・マグラ」の原義は、作中では切支丹バテレンの呪術を指す長崎地方の方言とされたり、「戸惑う、面食らう」や「堂廻り、目くらみ」がなまったものとも説明されているが、詳しくは明らかになってはいない[1][2]。

概要
1935年（昭和10年）1月、松柏館書店より書き下ろし作品として刊行され、「幻魔怪奇探偵小説」という惹句が付されていた。夢野久作は作家デビューした年（1926年）に、精神病者に関する小説『狂人の解放治療』を書き始めた。のちに『ドグラ・マグラ』と改題し、10年近くの間、徹底的に推敲を行った。夢野は1935年にこの作品を発表し、翌年に死去している。
その常軌を逸した作風から一代の奇書と評価されており、「本書を読破した者は、必ず一度は精神に異常を来たす」とも評される[3]。
あらすじ
1926年（大正15年）ごろ、九州帝国大学医学部精神病科の独房に閉じ込められた、記憶喪失中の若き精神病患者の物語（と思われる）であり、「私」という一人称で語られていく。彼は過去に発生した複数の事件と何らかの関わりを有しており、物語が進むにつれて、謎に包まれた一連の事件の真犯人・動機・犯行手口などが次第に明かされていく。
そうした意味では、既存の探偵小説・推理小説の定石に沿っているが、その筋立てが非常に突飛である。物語の骨格自体は非常にシンプルとはいえ、冒頭に記された巻頭歌のほか、胎内で胎児が育つ10か月のうちに閲する、数十億年の万有進化の大悪夢の内にあるという壮大な論文「胎児の夢」（エルンスト・ヘッケルの反復説を下敷きにしている）や、「脳髄は物を考える処に非ず」と主張する「脳髄論」、入れられたら死ぬまで出られない精神病院の恐ろしさを歌った「キチガイ地獄外道祭文」などの肉付けがされている。まともに要約することは到底不可能な奇書とも言われる所以である。

主人公とも言うべき青年が「ドグラ・マグラ」の作中で「ドグラ・マグラ」なる書物を見つけ、「これはある精神病者が書いたものだ」と説明を受ける場面では、登場人物の台詞を借りて、本作の今後の大まかな流れが予告されており、結末部分までも暗示している。このことから、一種のメタフィクションとも評し得る。また、その結末はひとつの結論を導き出しているものの、あくまでも「主人公がそう解釈した」というだけで、それ以外にありうるさまざまな解釈を否定するものではない。

以上のことから、便宜上「探偵小説」に分類されているものの、そのような画一的なカテゴリには収まらない。また、「アンチミステリー」の一つと見做される場合もある[4]。一度の読了で、作品の真相、内容を理解することは困難である（上記の「ドグラ・マグラの作中のドグラ・マグラ解説シーン」でも「内容が複雑なため、読者は最低二度以上の再読を余儀なくされる」と語られている）。

このような、難解さから、多くの人が様々の解釈をしてきた。

登場人物

前述の通り、この物語を要約することは難しく、登場人物を明確に記すことも困難である。よって、ここでは外面上に出た特徴を記すに留める。ここに記された情報は小説中で覆される可能性があり、またそのため断定的な説明はしていない。

私

「ドグラ・マグラ」の語り部の青年。眠りから目覚めたのち、若林鏡太郎と名乗る男から、ここは九州帝国大学の精神病科の病室であると聞かされる。自身は記憶を失っており、自分の名前すらわからない。若林博士の言葉によると、呉一郎が起こした2つの殺人事件の謎を解く鍵は彼の失われた記憶の中にあるらしい。次第に、自分は呉一郎ではないかと思い始めるのだが……。

呉一郎（くれいちろう）
この物語の鍵となる最重要人物。20歳。
呉モヨ子（くれもよこ）
呉一郎の従妹にして許嫁の美少女。「私」の隣の病室に入っている狂少女こそがモヨ子だ、と「私」は聞かされる。
呉八代子（くれやよこ）
呉一郎の伯母で、モヨ子の母。
正木敬之（まさきけいし）
九州帝国大学精神病科教授。従六位《じゅろくい》。「狂人の解放治療」なる計画の発起人。学生時代から常人の理解を超越した言動で周囲を驚かせてきたが、すべては「狂人の解放治療」を見据えてのことだったらしい。若林博士の言葉によると、「私」が目覚める1か月前に自殺したらしいのだが……。
若林鏡太郎（わかばやしきょうたろう）
九州帝国大学法医学教授。正木教授とは学生時代の同級生。「私」の記憶が戻るようにと色々と取り計らってくれている。

呉青秀（ごせいしゅう）
呉家の祖先で、唐時代の画家。若くして天才と称せられた。玄宗皇帝をいましめるために、自らの夫人を殺して死体が腐ってゆく様子をスケッチし、絵巻物（いわゆる九相図）にするという常軌を逸した行動に出る。その絵巻物が、事件の鍵となる。

評価
江戸川乱歩はこの小説に対して、「わけのわからぬ小説」と評した。鶴見俊輔は「作者の親子関係が集約されているもの」と分析している（作者の父杉山茂丸は政界の黒幕といわれた玄洋社の傑物）。

映画
1988年10月15日公開。松田洋治が若き精神病患者の役を、桂枝雀が正木博士役を、室田日出男が若林博士役をそれぞれ演じた。無謀な映画化とも言われたが、長大で複雑な物語を上手く整理しまとめ上げており、おおむね評価は高く、この映画版を見て初めてそういう話だったのかと理解したという人も多かったという。[誰によって?][26] ただし、一面的な解釈にすぎない、枝葉の部分を整理してわかりやすくまとめたため（上映時間の兼ね合いもあったと言われている）、原作の持っている混沌とした独特の空気感というようなものをうまく捉えられていないという批判もあった。[誰によって?]
出演者の演技については複雑な背景を上手く演じているとして評価する声が多く、特に、桂枝雀の怪演を賞賛する映画評は多い。[誰によって?] DVDは2004年発売の『松本俊夫全劇映画DVD－BOX』に収録されたあと、単品でも発売されている。

〈後略〉

脚注

［1］本作より前に『犬神博士』にて幻魔術や幻術にルビとして使われている。

［2］佐賀の女性は、子供のころドグラ・マグラが実際に使われていることを知っていたという。松本健一「どぐら綺譚　魔人伝説」200頁2行目

［3］角川文庫版の裏表紙の文章より。なお、横溝正史は1977年に小林信彦との対談で、対談のために読み返して気分がヘンになり夜中に暴れたと述べており、同席した夫人も首肯している。

［4］デジタル大辞泉『アンチミステリー』―コトバンク

注解

(26) ウィキペディアにおいては、記述の出所（引用元）が明示されていない場合には、当該箇所に〝[誰によって?]〟というタグがシステム管理者（通称、シスアド）によって書き添えられる。

アンサイクロペディア評

W：また、ウィキペディア内の「削除された悪ふざけとナンセンス」の保管所として、2005年1月にウィキペディアの一部として開始され、風刺的な文章の投稿場所として成長したアンサイクロペディア内での『ドグラ・マグラ』の紹介文でさえ、次の通りなので御座います……。

ドグラ・マグラ
出典：ウィキペディアのパロディサイト『アンサイクロペディア（Uncyclopedia）』《2021年現在》
概要
本作の最大の特徴は常軌を逸した作風であり、発売時の帯[27]には「本書を読破した者は精神に異常を来たす」とまで書かれている。しかしあくまで小説である。科学的に考えてみても、所詮束ね合わせた紙にインクをある程度の規則的配置を保って染み込ませただけのものであり、いくら小説を読んで恐怖や感動を覚えることがあろうとも、それは読んでいる一時の話であり、その後もずっと尾を引いて精神になにがしかの変化をきたし続けるということはありえようはずもない。

あくまで本作品の文学的要素を高めるための売り文句として見るのが正しい。そう思えばこの一文は非常に優れたものであるが、同時に多くの弊害をも生んでいる。すなわち本当に精神に異常をきたさないか、を心配して売り上げが減少する、という弊害である。

嘘だ、と思われるかもしれないが世の中には本当にこのようなことを真に受ける心臓の弱い人もいるものであり、事実ネット上には子供が読もうとしているが大丈夫なのかなどと質問を投げかける人が多数いる（一人の人が様々な場所で大量の質問をばら撒いている可能性を除いては）。

これは単に出版社だけにおける問題でもない。あくまで本作は精神がイカれることこそないものの、三大奇書にも選ばれているぐらいの傑出した名作であり、これをただひとつ「本当に気が狂ったりしないだろうか」という不安のためだけに読むのをためらう、ついにはやめてしまうのは、人類智の観点からもよいとはいえない。

あくまで本作は読んでも気はくるうことはない。重要な事なので再度念を押して言うが本作を読んで気が狂ったりする事はありません。なんせ角川夏の百冊にも選ばれたことあるしね。かくいう筆者も（無論この記事の解説を書いていることからして）ドグラ・マグラを読了した事があるのだが、ご覧の通り狂ってはいない。感想？　「まぁ容疑者１人しかいないから、犯人は君に決まってるよね」

あらすじ
あらすじは余りにもすごい作品なので要約する事は出来ない。事実ウィキペディアでのドグラ・マグラのページも声高らかに以降の記述で物語・作品・登場人物に関する核心部分が明かされています。と注意喚起しておきながら、結局まともに要約することは到底不可能な奇書としている。あのユーモア欠落症患者をもってしてこれだけ矛盾した文面になっているのだから、ましてアンサイクロペディアンでまとめることはできない。〈後略〉

注解

（27）アンサイクロペディアの概要説明で「発売時の帯」とあるが、『ドグラ・マグラ』は夢野久作生前の１９３５年に刊行された松柏館書店版の初版以来、九社から発行されている。ここで言及されている帯は、１９７６年10月初版発行の角川文庫版上・下に巻かれた帯のこと。現在の角川文庫版上・下には、カバー裏の内容紹介で「これを読む者は一度は精神に異常をきたすと伝えられる、一大奇書」と書かれている。「誰によって？」くわしくは本シリーズ三巻目（モーサマの眼とヨコセイの四月馬鹿《エイプリルフール》…の巻）をお楽しみに！　卑猥なカバーイラストは俳優の米倉斉加年《よねくらまさかね》の筆になるもの。

「ドグラ・マグラ」は、昭和10年1500枚の書き下ろし作品として出版され、読書界の大きな話題を呼んだが、常人の頭では考えられぬ、余りに奇抜な内容のため、毀誉褒貶が相半ばし、今日にいたるも変わらない。

〈これを書くために生きてきた〉と著者みずから語り、10余年の歳月をかけた推敲によって完成された内容は、著者の思想、知識を集大成する。これを読む者は一度は精神に異常をきたすと伝えられる、一大奇書。

時代ギャップ

I：ウィキペディアもアンサイクロペディアも『ドグラ・マグラ』についての記述(28)はこんな感じですが、一方、『鬼滅の刃』の方は次のとおりです。

鬼滅の刃
出典：フリー百科事典『ウィキペディア（Wikipedia）』《2021年現在》
『鬼滅の刃』（きめつのやいば、英：Demon Slayer: Kimetsu no Yaiba）は、吾峠呼世晴による日本の漫画。略称は「鬼滅」。『週刊少年ジャンプ』（集英社）にて2016年11号から2020年24号まで連載された。
大正時代を舞台に主人公が鬼と化した妹を人間に戻す方法を探すために戦う姿を描く和風剣戟《けんげき》奇譚《きたん》。シリーズ累計発行部数は単行本第23巻の発売をもって1億2000万部を突破している。
〈後略〉

W：1億2000万!!　全人類の人口20億の内の、16人に1人が読んだ計算ではないですか！
I：若林教授、世界20億人は大正時代の話です。令和の今では世界人口は77億人ですよ。
それでも、『鬼滅の刃』の発行部数が物凄《ものすご》いことに変わりはありませんが……。
W：しかし、まあ、ウィキペディアで『ドグラ・マグラ』の解説にザッと目を通してみても分かりましたが、記述の中身があのような〝残念な感じ〟で御座いますから、こちらの世界では『ドグラ・マグラ』の標題《タイトル》の由来[29]ひとつ、まともに推理できていない状況なのですな……。
I：ホントにそうなのですよ。しかも、なんだか物凄く責任回避に徹していて、「呉千世子」の説明もスッ飛ばして[30]守りに入った文章であるのにもかかわらず、「主人公・私」の正体であるところの「呉一郎」の説明からして読者に誤解を与える表現が混在しているようですね。
W：……ああ、本当ですね。まず、年齢の表記に問題がありますな、コレは。
I：ハイ。呉一郎の年齢は作品の現在である大正15年11月20日時点では「満年齢で18歳」のはずですから、ウィキペディアで「20歳」と記述する場合には、「20歳（注、数え年で）」と書き添えておいた方が正確、かつ、より親切だったのでしょうに……。
W：……左様ですなあ。呉一郎の生誕年月日は、普通にドグラ・マグラを読み進めれば、明治40年に該当する1907年の11月22日であると、すぐに分かりますからな。
I：我々が生きていた大正時代は、日常会話では一般に「満年齢」ではなく「数え年」を用いていましたから、その辺りの時代ギャップといおうか、意味理解の食い違いにウィキはスッカリ嵌《は》まっているようですね。そもそもインドでゼロが発見される以前に考案された「数え年」にはゼロ歳が存在しません。生まれた瞬間が1歳で、元旦に新年を迎えると親もきょうだいも皆一斉に歳を重ねていましたからね。極端な例だと、12月31日23時59分にオギャアと生まれた1歳の嬰児《えいじ》は、翌1月1日0時に年齢を重ねて、生誕1分後には2歳になるといった感じでしたが……。

W：やはり、年号が3回も変わって時代がこうも変転すると、一般常識がイロイロと食い違ってきてしまうのは致し方無いのかもしれませんな……。「活動」は「映画」と呼び方が変わっておりますし、大学の卒業式[31]も今では3月が当たり前のようですからな。

それに、新聞の朝刊の天気予報欄も、大正時代の九州日報では気温には華氏《かし》を用いておりましたが、令和時代の後継新聞である西日本新聞では、華氏から摂氏《せっし》に変わっておりました。これには私《わたくし》、かなり面食らったものです。西日本新聞の「きょうの天気」欄の予想気温を初めて目にした際など、精神科病棟の外の世界の地球表面温度が激しく寒冷化して、氷河期に突入しておるのかと一瞬、我が眼を疑ったほどで御座いました。まったくもっていつの間に、ドイツ人物理学者ファーレンハイト（華倫海特）氏よりも、スウェーデン人天文学者であるセルシウス（摂爾修斯）氏の方が日本では幅を利かせるようになったのでしょう?

I：数量単位の改定は、温度に限った話ではありませんよ、教授。日本では長さや重さの単位も尺《しゃっ》貫《かん》法からメートル法にスッカリ改定されてしまって、尺や寸や石《こく》、貫、匁《もんめ》などの単位を使用すると法律違反になってしまうようですから……。

どうやら、ココイラの潔《いさぎよ》さというか切り替えの速さは、敗戦国という立場の弱さに起因していたのかも知れませんねえ。古今東西、旧体制を打倒した革命政権というものは度量衡《どりょうこう》や暦など万人が従わざるを得ない規準・規則を、従来のものから劇的に改変して全否定してみせることで、自分が手にした絶対的な権力を民衆に誇示しようとする衝動が沸き上がって来るもののようですから……。どうせ、占領軍（ＧＨＱ／ＳＣＡＰ）あたりが日常生活に不可欠な長さや重さの単位の変更を日本人に迫って、世の中が変わったのだということを徹底させようとしたのじゃありませんかねえ？
Ｗ：ありそうな話ですな。私奴《わたくしめ》が米英の現状をマンガで眺め見た限りでは、戦勝国の本国の方では従来からのヤードポンド法からメートル法への改定が遅々として進んでおらぬようですから、戦《いくさ》の勝ちに胡坐《あぐら》をかいて、未だに国際基準の単位への順応を怠《おこた》っておるのやも知れませんなあ……。

注解
（28）ウェブ魚拓《ぎょたく》を取ってスクリーンショットを保存しておかないと、ウィキペディアでは後日になって突然、記載内容がガラリと書き換えられることがある。
（29）『ドグラ・マグラ』の標題の由来については、本シリーズの五巻目で謎解きを予定。
（30）１９３５年１月15日に発行された松柏館書店版ドグラ・マグラ（巻頭歌を除き本文全７３９頁）は、３７１頁から４１９頁（写真上）までの「千世子」には〝ちよこ〟とルビが振られ（合計

6回）、続く420頁（写真下）の「千世子」以降には〝ちせこ〟とルビが振られている（合計27回）。この謎の現象は、おそらく松柏館書店の校正担当者が420頁目を境に別人に替わったために生じた奇怪事と思われる。

松柏館書店版『ドグラ・マグラ』におけるこの混乱は戦後の後発の出版社にも引き継がれて（伝染?）、ハヤカワ・ポケット・ミステリは「千世子」のルビを振らず、三一書房と教養文庫と創元推理文庫と角川文庫は「ちせこ」、講談社文庫とちくま文庫と国書刊行会は「ちよこ」と、ルビ振りが分かれる状況へ。その結果、令和3年時点のウィキペディアは正しいルビ振りの判断に迷った挙句、「千世子」の解説自体を放棄して、その判断を避けたものと思われる。

> 家の血統に關する謎語
> 四項《こう》の談話《だんわ》中《ちう》、右《みぎ》に摘出《てきしゆつ》したる以外《いぐわい》に
> の或るものが存在《そんざい》せる事《こと》を暗示《あんじ》せる個《か》
> 話《わ》中《ちう》＝　同人母《どうにんは》千世子《ちよこ》は、女性《ぢよせい》にしては珍《めづ》
> 説明《せつめい》され居《を》り、且《か》つ、迷信家《めいしんか》に非《あら》ざる旨《むね》を辯《べん》
> 極《きは》めて平凡《へいぼん》、且《か》つ愚昧《ぐまい》に屬《ぞく》する迷信《めいしん》を極度《きよくど》
> 憂悶不安《うらんふあん》の、不斷《ふだん》に存在《そんざい》せるに非《あら》ざる無《な》きや
> 人の先生と呼《よ》ばるゝ占斷者《うらなひしや》の言《げん》に『お前達《まへたち》は
> 中に、同女《どうぢよ》の言葉《ことば》の中《なか》に含《ふく》まれたる或《あ》る事實《じじつ》

松柏館419頁の9行目（ルビ・ちよこ）

> 常に、何等かの痛切なる事情に迫られて、
> 明等《めいとう》に就《つい》て、鋭《するど》き注意《ちうい》を傾注《けいちう》し居《を》りたるもの
> 得べからざること。
> ＝同《どう》＝　同婦人《どうふじん》は、姪《めい》の濱《はま》なる實家《じつか》に、近《ちか》
> く血縁的《けつえんてき》に孤立《こりつ》せる家系《かけい》あり。而《しか》して、其《そ》の
> 的《てき》の惡風評《あくふうへう》若《も》しくは、或《あ》る忌《い》むべき遺傳的《ゐでんてき》の
> るを以《もつ》て、呉家《くれけ》も、或《あるひ》は其《そ》の種《しゆ》の家柄《いへがら》に非《あら》ず
> ＝同《どう》＝　妹《いもうと》千世子《ちせこ》が家出《いへで》の原因《げんいん》は刺繍《ししう》と繪《くわい》
> 前項《ぜんかう》の疑點《ぎてん》と照合《せうがふ》する時《とき》は、尚《なほ》、別《べつ》の意味《いみ》を
> りては、到底結婚《たうていけつこん》の不可能《ふかのう》なる可《べ》きを豫感《よかん》し
> に家出《いへで》したるものにして、之《これ》あるが爲《ため》に、そ

松柏館420頁の13行目（ルビ・ちせこ）

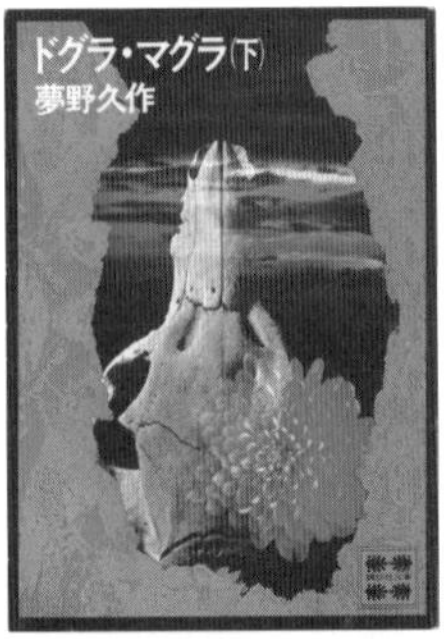
ドグラ・マグラ(下)
夢野久作

夢野久作
ドグラ・マグラ
上

幻魔怪奇探偵小説
ドグラ・マグラ
夢野久作著

日本探偵小説全集4
夢野久作集

夢野久作
ドグラ・マグラ
下

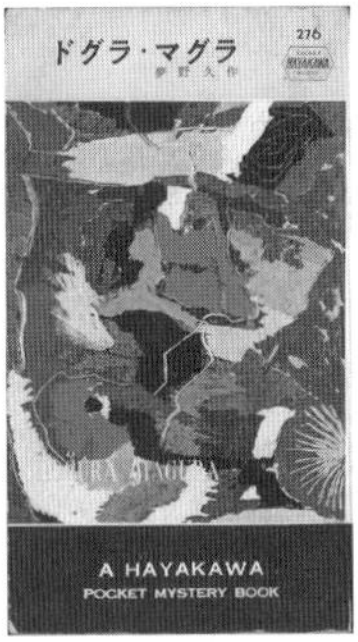
276
ドグラ・マグラ
夢野久作
A HAYAKAWA
POCKET MYSTERY BOOK

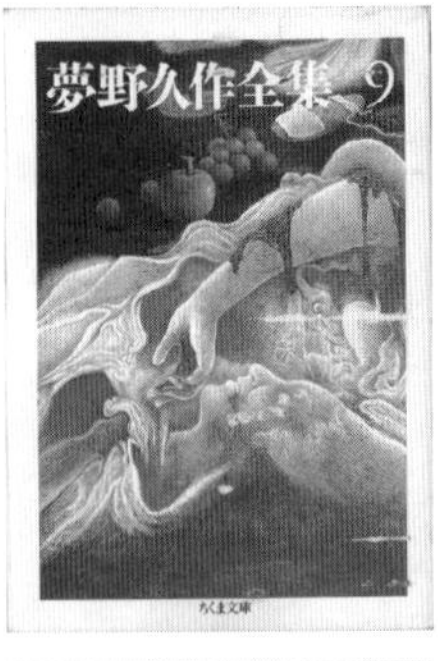
夢野久作全集 9
ちくま文庫

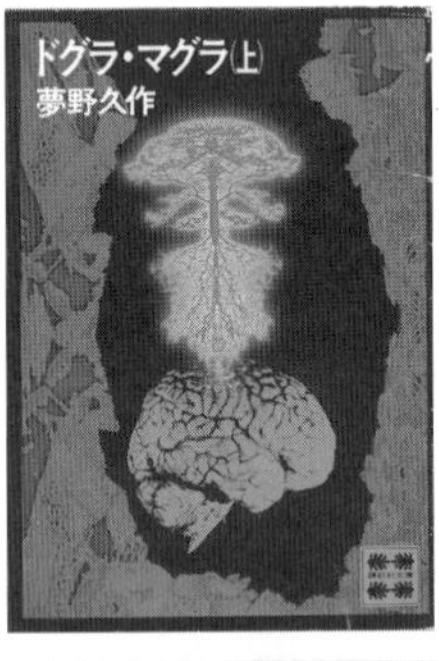
ドグラ・マグラ(上)
夢野久作

錯乱と狂気へ誘う魂の幻魔術
世界文学の巨峰 ドグラ・マグラ
夢野久作全集
4
三一書房版

定本
夢野久作全集
4
はじめて集大成される
巨人・夢野久作の全て。
ドグラ・マグラ
近眼芸妓と迷宮事件
白くれない
骸骨の黒穂

ドグラ・マグラ(中)
夢野久作

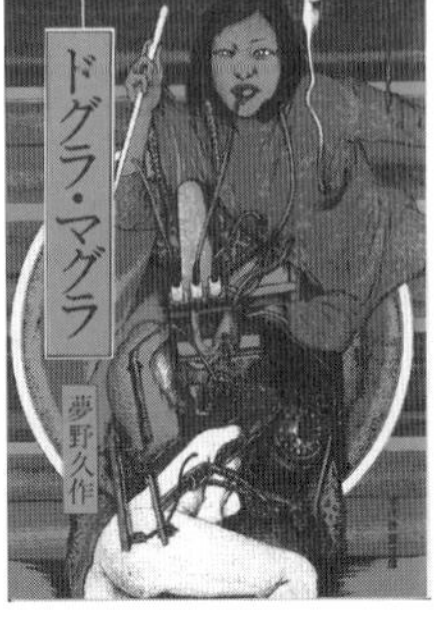
ドグラ・マグラ
夢野久作

夢野久作は「八代子・千世子」姉妹の名を、博多湾の志賀島《しかのしま》にある志賀海《しかうみ》神社の〝山誉《やまほ》め祭《さい》〟の神楽歌（その冒頭部は「君が代」と同歌詞）からとって「やよこ・ちよこ」と名付けていたのだろうと筆者は推測している。おそらく夢野久作は、「ちよこ」の名前が決まってから、作中で彼女が通う裁縫学校・翠糸《すいし》女塾の所在地を「福岡市外・水茶屋（通称・千代町《ちよまち》）」と決定していたのだろう。

ドグラ・マグラの主要キャラである呉千世子について、ウィキペディアは近い将来にルビ振りをスッ飛ばしたままで解説を試みるか、あるいは〝千世子には版によって「ちよこ」と「ちせこ」の二通りのルビが存在し、その訓《よ》みについては判断がつかない〟と記述を改めるかもしれない。

なお、ウィキペディアが「呉千世子」の名の訓みを公開する場合の原文（テクスト）は、次のいずれかとなるはずである。以下、版元別の『ドグラ・マグラ』を初版出版年が早い順に列挙する。

《松柏館書店（初版１９３５年１月）、ハヤカワ・ポケット・ミステリ（初版１９５６年９月）、三一書房（初版１９６９年９月）、教養文庫（初版１９７６年７月）、角川文庫（上下２分冊、初版１９７６年10月）、講談社文庫（上中下３分冊、初版１９７６年12月）、創元推理文庫（初版１９８４年11月）、ちくま文庫（初版１９９２年４月）、沖積舎（松柏館書店版の復刻、１９９５年８月）、国書刊行会（初版２０１８年４月）》

※98頁に、これらの版のカバーまたは外函の写真を、右上から左下の順で掲げる。ただし、松柏館書店版は沖積舎の復刻版の外函で代替する。

（31）若林鏡太郎がまだ医学生だった明治40年当時、九州の帝国大学の卒業式は３月ではなく12月に挙行されていた。

未曾有の危機

I：……この令和の世で眼醒《めざ》められてからというもの、毎日マンガばかり読んでおられる若林教授はご存知ないかも知れませんが、あの文化的にも豊かで国際連盟の常任理事国でもあった戦前の日本と令和の日本は一直線につながっているのではなく、その間には〝敗戦〟という深い断層、クレバスが横たわっているのです。

僕が調べた限りでは占領軍が統治していた頃の敗戦国・日本の惨状には筆舌に尽くし難いものがあって、それはモウ目を覆いたくなるような話がゴロゴロしていましたよ。今日は生きられても明日は死んでいるかもしれないそのような地獄の中にあって、賛否両論あって激しい対立のあった政治的経済的改革とは別に、人々の目にささやかな改変と映っていたであろうモノのひとつに、戦勝国による日本文化に対する干渉があったのです。

W：例えばそれは、どのような？

I：ここで僕が一例として挙げたいのは、いわゆる「国語改革」のことです。義務教育の目標としてこれだけは習得させるものとして漢字の使用範囲を示した表「当用《とうよう》漢字表」というものを制定して、それ以外を禁止して縛《しば》ったのです。一例としては〝偵〟という字が使えなくなり、それまでの〝探偵小説〟が平仮名まじりで間《ま》のぬけた〝探てい小説〟となり、それじゃあアンマリだということで〝推理小説〟という言葉が考案されるようになりました。マア、子供や一般庶民は覚える漢字が少なくなって喜んだでしょうがね。

　その後、役所の窓口や学校教育や新聞などを通じてその「当用漢字」（１８５０字）や、後継の「常用《じょうよう》漢字」（１９４５字）が普及していったようです。それによって戦前には通行していた多くの漢字が使用不可とされて音《おん》だけが同じ借字《しゃくじ》・当て字（宛《あ》て字）がはびこり、また、画数が多く複雑だった従来の字体の一部に代えて簡易な字体が正式な「新字体」として採用されたことから、令和の今では「旧字体」で書かれた文書や書物を読める者が大人でも一握りどころか一抓《ひとつま》みしかいないといった状況を呈《てい》しているようなのです。

W：………。

I：さらに、読めなくなった漢字は旧字体に限らず、一部の漢字では字体は戦前と同じでも、明治期からの古い発音が廃音扱いにされてしまったようなのです。

W：それは、どのような漢字なのですか?

I：そうですね……。例えば、『ドグラ・マグラ』の中の正木博士の台詞《せりふ》にある……、……然《しか》るにだ……ここで吾輩の脳髄探偵小説は、こうした世界的の大勢を横眼に白眼《にら》んだ一人の青年名探偵、兼、古今未曾有式超特急の脳髄学大博士を飛び出させているのだ。脳髄に関する従来の汎《はん》世界的迷信を一挙に根柢から覆滅《ふくめつ》させて、この大悪魔「脳髄」の怪作用……ノンセンスの行き止まり……アンポンタンの底抜けとも形容すべき簡単、明瞭な錯覚作用の真相を、煌々《こうこう》たる科学の光明下に曝《さら》け出し、読者の頭をグワ――ンと一撃……ホームランにまで戛飛《かっと》ばさせている……という筋書なんだがドウダイ……読者に受けるか受けないか……。

……の中から選んで引っ張り出すとしたら、僕が気付いたものとしては、「古今未曾有式超特急の脳髄学大博士」という表現中にある「未曾有」という言葉がその例に該当します。若林教授だったら、この漢字をどのようにお読みになられますか？

W：……「未曾有」でしょう？

I：ええっと、よく聞き取れなかったので、もう一度、大きな声でゆっくり発音してみてくださいませんか？

W：畏《かしこ》まりました。…………ミ・ゾ・ウ・ユ・ウ！

I：……………………。

W：…………如何《いかが》ですか、聞き取れましたか？

I：ええ。ハッキリと！

古今未曾有式超特急

Ｗ：……何かオカシイことがあるのですか、この「未曾有」という言葉の読み方には？
Ｉ：いやー、やはり、僕と同じ明治生まれの教授は、この語《ご》をごくフツーに読めば「ミゾーユー」と発音されるのですね。ホッとしました。
Ｗ：……ハ？　……貴方様はいったい、何を安心されたので？
Ｉ：実はこの前、博多の街に出た時にチョイと小耳に挟んだのですが、現在の日本では、この語は「ミ・ゾ・ウ」と発音するのが普通らしいのですよ。
Ｗ：ミ・ゾ・ウ？　……それはまた、随分とアッサリとした淡白な読み方ですな。たしかに、大正時代にも「ミ・ゾ・ウ」と、あるいは清音で「ミ・ソ・ウ」と読む者もおりましたが、私はどちらかといえば「ミゾーユー」、「ミソーユー」派で御座いましたなあ。
Ｉ：僕もですよ。はたして夢野久作が、「ミゾーユー」派なのか、それとも「ミ・ゾ・ウ」派だったのかは、どうも判然としないのですが……。そこで、明治期に僕らが学校の修身の時間で習っていたテキストを博多の古書店で買い求めて確かめてみましたら、柏原奎文堂から出版された明治45年3月1日印刷・3月5日発行の第38版『教育勅語圖解《づかい》』の66頁・6行目に印刷された「未曾有」という言葉には、「みそーゆー[32]」という振り仮名が、チャント振られていました。

W：……それはそうでしょうなあ。

I：当時は「ミ・ソ・ウ・ユ・ウ」あるいは、濁音でにごって「ミ・ゾ・ウ・ユ・ウ」と発音するのが当たり前だったのですが……。

W：……まあ、当然そうでしたな。私が「ミ・ゾ・ウ・ユ・ウ」派だったのも、修身の時間に訓《よ》みを覚えたからだったと記憶しておりますが……。サテは、今の修身の教科書には未曾有（みぞう）と仮名振りされているのですかな?

I：違いますよ、教授。今では、修身の科目自体が無くなってしまって久しいのです。

W：?? ……小学生でも皆が当然のように諳《そら》んじていた一般教養の修身の時間が、令和の時代には無いのですか。それでは、未曾有の本来の発音を皆が訓めなくなっても仕方ありませんな。

I：まあ、そういうことです。大正時代の頃の僕らからしたらズット未来にあたるこの令和の日本では、現在までにこの福岡県から二人の宰相が誕生しているようなのですが、その中の二人目の総理大臣が国会で、この「未曾有」という語を「ミ・ゾ・ウ・ユ・ウ」と発音して、えらく笑われたそうなのですよ。

W：それはまた、お気の毒な……。

I：夢野久作と同じ福岡県出身だったこの総理は、幼少期に筑豊《ちくほう》の祖母の下でお育ちになったようで、僕の推理によると飯塚の柏《かや》の森《もり》のお屋敷に住まわれていたその祖母君の躾《しつけ》を通じて、修身の道徳的な教養と共に、この「未曾有〈みぞーゆー〉」の読み方も、学び得ておられたのだろうと推察されるのです。

W：それは充分ありえそうなことですな。

I：このあいだの世界大戦からこっちというもの、修身の教科書は完全否定されてしまって、「みぞーゆー」あるいは「みぞーゆー」という発音も墨塗りの下に消えてしまったようなのです。所詮《しょせん》、漢字・漢語というものは外来語で、それが日本に入って来た時に日本語で音《おん》を宛《あ》てて訓《よ》まれたものですから時代とともに読み方も変わってくるのは当たり前ですが、我々と同じ「未曾有」の話者《わしゃ》は今ではもう超高齢者のごく一部に残るのみとなりつつあるようですね。

W：時代の流れとは申せ、やはり淋しい話ですなあ。

I：まったくです。こんな話、今じゃあ若林教授を相手にしか通じないのですから……。

W：そうでしたか……。

「古今未曾有〈ミゾウ〉式超特急の脳髄学大博士」と、

「古今未曾有〈ミゾーユー〉式超特急の脳髄学大博士」…………。

口にして発した時の語呂《ごろ》の良さやリズム感から申しましても、あの時代を生きられた正木先生や

夢野久作ならば、後者を是《ぜ》としていたものと、私奴《わたくしめ》も推察する次第で御座います。ですからそんな

に肩を落とされずとも……。もう、あの時代のことを明確に憶えている者など、ほとんど死に絶えて残ってはおらぬのでしょうから、せめて令和の世で私一人ぐらいは、心の裡《うち》で貴方様のことを「古今未曾有〈ミゾーユー〉式超特急の脳髄学大博士」とお呼びして差し上げますよ……。

I：有難うございます、教授。でも、もういいのですよ……。どうやら福岡では、夢野久作も喋っていたのに違いない「がっしゃい言葉」[33]の話者も絶えて久しいようですし……。これからはもう、日本語が時代と共に変化することは致し方無いことと諦めて、大衆の常識が「ミ・ゾ・ウ・ユ・ウ」から「ミ・ゾ・ウ」に塗り替わったことは、現実として肝に銘じておきましょう。

W：では、未曾有の一件につきましては、この辺りで折り合いをつけておきますかな。

I：そうですね。今後はお互いに耳だけは「ミ・ゾ・ウ」に馴染《なじ》ませながら、脳中では「ミ・ゾ・ウ・ユ・ウ」に変換していくという感じで、ここは幕引きということにしておきましょう。

注解

（32）『教育勅語圖解』の写真は（33）の後の108頁に掲げる。

（33）現在の福岡市は、明治22（1889）年に旧福岡部と旧博多部が合併して誕生した双子都市（ツイン・シティー）である。藩政時代は中央を流れる那珂《なか》川を境として、川の東側が博多部、西側が福岡部に分かれて、博多部では博多弁が、福岡部では〝がっしゃい言葉〟が使われていた。

福岡弁とも称されるがっしゃい言葉は、博多弁とは別系統の岡山県（播磨《はりま》）にルーツを持つ黒田武士の間で話された方言とされている。例えば「こっちに来てください」は「～来てがっしゃい」、「あちらに行かれる」は「～行きがっしゃる」などと使われていた。黒田武士の家系に生まれた夢野久作も、がっしゃい言葉の話者であったろうと思われる。

次の証言は久作の長男・杉山龍丸が福岡の老女から聞いた、能の稽古《けいこ》のために薬院中庄にあった梅津只圓《しえん》邸の私宅舞台へ向かう際の幼い久作の姿についての思い出話である。


貴方の御父さんはなし、よう、カオルさんに手を引かれて、梅津先生の許に通いがっしゃった。それが、街の評判でなし。「ほら、杉山のシャン・シャン、トン・トンと一緒に行きよんしゃるばい。」と、よういいよりましたばい。

それが、シャン・シャンがまた、じょうもんさんでなー、色の白い、長顔でなし、それに、貴方の御父さんは、きちんと、羽織、袴《はかま》で、扇子ばもって、こげな風に、お能のごたる足の運びでなし、歩きよんしゃった。


（出典：「思想の科学」第56号、1966年11月）


ここにある〝トントン〟と〝シャンシャン〟も、がっしゃい言葉のひとつで、それぞれ武家息子と武家娘の意となる。〝殿々《とんとん》〟と〝娘々《しゃんしゃん》〟とルビを振るとシックリくるような気もするが、既に消失した方言なので何ともいえない。

福岡市はその成り立ちから、話し言葉が双子方言（ツイン・ダイアレクト）となっていたが、夢Qは福博両方言のバイリンガルであり、「武士の街・福岡」と「商人の街・博多」それぞれの方言に触れていた。家庭内では〝がっしゃい言葉〟の話者に囲まれて育ったはずだが、幼少期からのたび重なる転居生活で、近所での話し言葉はマチマチに。そのために、武士言葉と商人言葉の両方言を自然にマスターしたのだろう。後年の〝言葉の魔術師〟夢Qの下地は、幼少期からの漢籍の素読、能楽の謡《うたい》の稽古に加えて、こうした福岡・博多の両方言が入り混じった特殊な言語環境によって育まれたスキルだったのかもしれない。

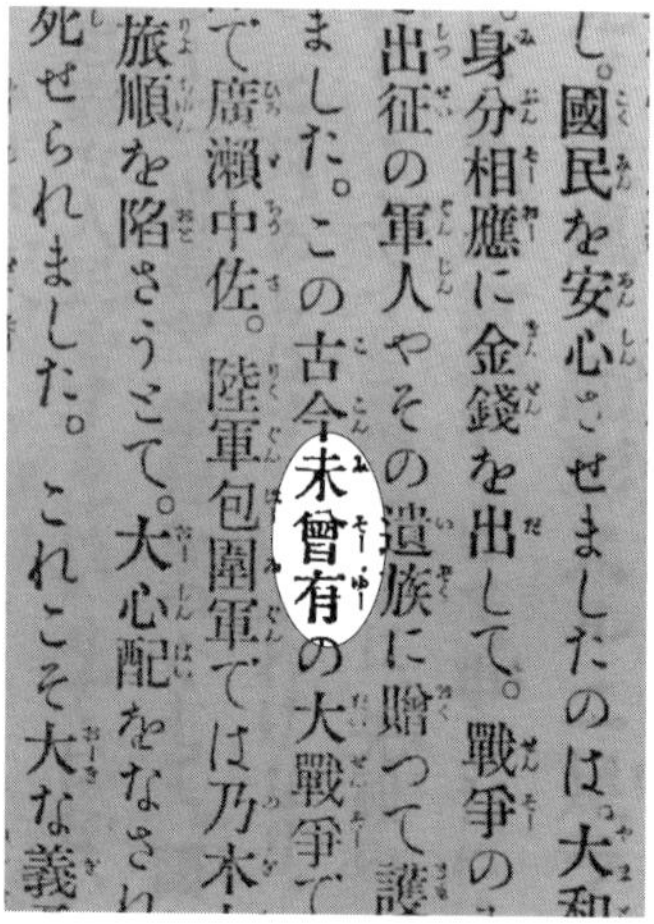

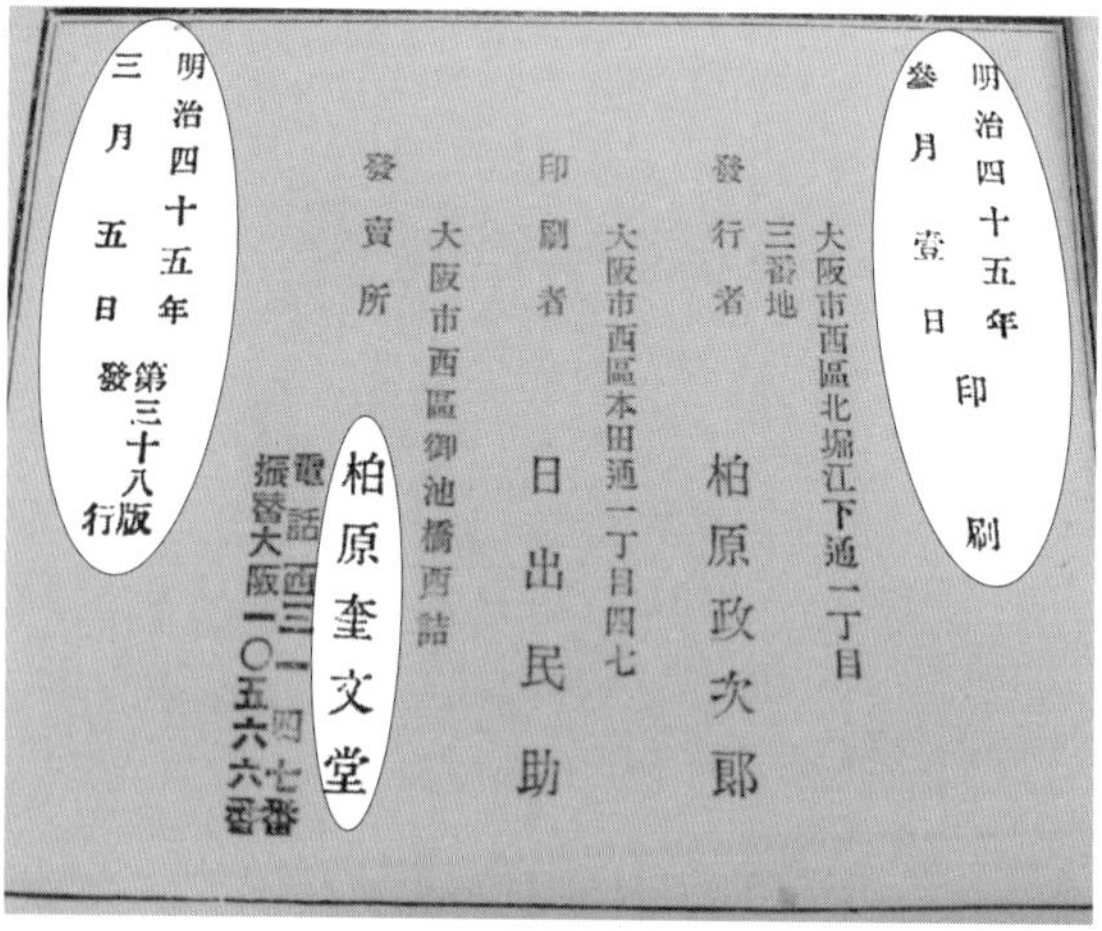

教育勅語図解（明治45年3月、第38版）

鬼滅の刃を迎えて解く

W：……しかし、話をまた蒸《む》し返すようですが、〝インターネット上の百科事典〟を標榜《ひょうぼう》しておるウィキペディアの『ドグラ・マグラ』の解説放棄ぶりは酷《ひど》いですなあ……。
I：『ドグラ・マグラ』は昭和10年の初版発行時こそ、「日本一幻魔怪奇の本格探偵小説」、「幻怪、妖麗、グロテスク、エロテイシズムの極」、「日本探偵小説界の最高峰」……
などの宣伝文句で読書界に大きな話題を提供していたようですが、令和の現代において僕がウィキペディアを覗《のぞ》いてみた限りでは〝謎解きの解答など一切用意されていない幻魔怪奇探偵小説〟と分かってもいないくせにアッサリくくられて、〝探偵小説〟なのに謎解きそのものが諦められて「迷宮入り」ならぬ「ゴミ箱入り」してしまっているようですからね。
W：迷宮入りからゴミ箱入りですか……。アハ……アハアハアハ……。面白う御座いますなあ。
「迷宮破り」の二つ名を持つ私奴《わたくしめ》と、〝透き通る世界〟にも匹敵する卓越した推理眼をお持ちの

「超脳髄式青年名探偵」の呼び声高い貴方様とで相棒《バディ》を組めば、そこいらのウィキ……モトイ、ゴミ箱なんぞ蹴飛ばして、解けない迷宮事件など、この世に一件たりとも在ろうはずはありますまいに……。ドグラ・マグラの謎解きとて決して不可能な話ではありませんぞ、我々二人が全集中の推理をするならば！

I：まあ、僕もそんな気がしないでもありません。しかし、ドグラ・マグラの方の「脳髄の迷宮」は我々二人にもちょっとばかり歯応えがあり過ぎる嫌いがありますから、脱出口を見つけだすのにかなりの手間と時間を要することは必定《ひつじょう》でしょう。ここはまず、『鬼滅の刃』の方から謎解きにかかってみましょうか、教授。

W：……ナルホド。貴方様としては、主菜《メインディッシュ》のドグラ・マグラは鬼滅の後のお楽しみとして取っておきたいと、そういうお考えなのですな！

I：ハイ、そういうことです。最初は食前酒《アペリチフ》として『鬼滅の刃』から栓《せん》を開《あ》けて、その後に「黄金《ゴール》の夜明け《デン・ドーン》団」が残した「生命《セフィロト》の樹《き》」のダアトの謎解きやら、アルブレヒト・デューラーの「メランコリアI」の謎解きなんぞを前菜《オードブル》に添えて、その後でユックリと主菜の『ドグラ・マグラ』の謎解きに取り掛かるというのでは如何《いかが》ですか、教授？

W：……アハハハハハ。腕が鳴りますなあ、九大病院《こんなところ》でドグラ・マグラ退治の夢が叶《かな》おうとは！　初版本の発刊から何とか一世紀以内[34]にはドグラ・マグラの謎解きを終えてやらぬことには、御《み》笠《かさ》川(石堂《いしどう》川)横の墓の下で眠っておられると貴方様が仰《おっしゃ》った、ある意味では我らの生みの親たる夢野久作サンも浮かばれますまいに……。

I：ええ、そうですとも！

　サテと、それでは若林教授。『鬼滅の刃』の粗筋《あらすじ》については誰が読んでも読了後に解釈のズレはほとんど発生しないと思いますが、『ドグラ・マグラ』の方は百人が読めば百通りの解釈が可能と世間ではいわれているようですから、僕と教授とで『ドグラ・マグラ』の基本構造についてお互いの認識が一致しているかどうか、前もって確認しておきませんか？　夢野久作『ドグラ・マグラ』の読後の解釈で、双方に齟齬《そご》がないかどうかを最初にハッキリさせておきましょうよ！

W：そうですな。まあ、貴方様と私奴とは、例の人体学術実験の当事者でもありましたから、それほど認識にズレがあろうとも思えませんが、念には念を入れて『ドグラ・マグラ』の粗筋についてザッとお浚《さら》いを致しておきますか……。

I：ハイ。それでは折角《せっかく》ですから、ここはひとつ気分を変えて、とある帝国大学の大講義室かどこかで、満堂の夢Qファンを前に講演しているようなつもりで、例の博士の口振りなどもチョイと真似て語ってみましょうか……。

W：左様ですか……。それでは早速、貴方様の見解をお聞かせくださいませ……。

I：サテと……。では、一席ぶってみましょうか。ゴホン…………………。

　ヤアヤア。遠からん者は望遠鏡にて見当《けんとう》をつけい。近くんば寄って顕微鏡で覗《のぞ》いて見よ。吾こそは九大病院・精神科病棟・七号室に、キチガイ探偵としてその名を得たる呉一郎とは吾が事也《なり》。今日しも満天下の常識屋どもの胆っ玉をデングリ返してくれんがために、突然の謎解きを思い立ったるその序《ついで》に、古今無類のドグラ・マグラ論を発表して、これを聴く奴と、話す奴のドチラが馬鹿か、気違いか、真剣の勝負を決すべく、一席口上《こうじょう》仕《つかまつ》るもの……吾と思わん常識屋は、眉に唾《つばき》して出《い》で会い候え候《そうら》え……

W：チョ、チョヨット待って下さいませッ。ストップ、ストップ！

I：……ハ？　どうかなさいましたか、若林教授？

W：昨今のわれわれのドグラ・マグラが置かれた境遇、その無視のされように貴方様が憤《いきどお》っておられることは私にもよ～くわかりますが、そのような無声映画の弁士かテキ屋の口上のような口調《くちょう》では、いまどき誰ひとりマトモに耳を傾けてはくれませんぞ！

今は面黒樓万児《めんくろうまんじ》作歌の例の「外道祭文《げどうさいもん》」や、キチガイ博士の「空前絶後の遺言書」が書かれた時代ではないのですから、もう少し気を落ち着けて、此処《ここ》は理性的かつ論理的な節回しで、常に謙虚な語り口を意識しながらご自分の論旨を述べられた方が宜《よろ》しいのでは御座いませんか？

I：そんなもんですかね～？

それでは気分一新、教授の助言に従ってお上品に、よりフォーマルな感じで……コホン！

注解

（34）1935年に初版本が刊行されたドグラ・マグラは、やがて出版百周年を迎える。これまでフランス語（2003年）、韓国語（2008年）、ロシア語（2023年）で翻訳出版され、英語訳は2002年に文化庁の事業として、夏目漱石や芥川龍之介ら他の26作品とともに翻訳が試みられたが途中で挫折している。なお、アマゾンで検索するとフランス語版を底本《そこほん》とする英語版ドグラ・マグラが2023年4月に上梓《じょうし》されたとの情報がある。また、「Demon Crane Press」という出版社が2023年から英訳作業を進めており、ネット上でその翻訳文の冒頭部が公開されている。以下、『少女地獄』、『瓶詰地獄』、『あやかしの鼓』の外国語版のカバー写真とともに掲げる。

ドグラ・マグラは中国語では2004年に『脳髄地獄』のタイトルで台湾で出版された。その後、中国語版では複数の版元からも出ているようである。簡体字の中国本土版『脑髓地狱』の中には次のような眉唾な推薦文つきの翻訳本がある。

〝私にとって日本の芸術品は3つしかない。大阪の太閤の城、黒澤明の羅生門、夢野久作の『ドグラ・マグラ』だ。私の『もののけ姫』と『千と千尋の神隠し』はそれに遠く及ばない〟——宮崎駿

スペイン語版
「少女地獄」

英語版
「瓶詰地獄」

スペイン語版
「あやかしの鼓」

ポルトガル語版
「少女地獄」

フランス語版
「瓶詰地獄」

中国語版「脑髓地狱」
万卷出版公司印刷

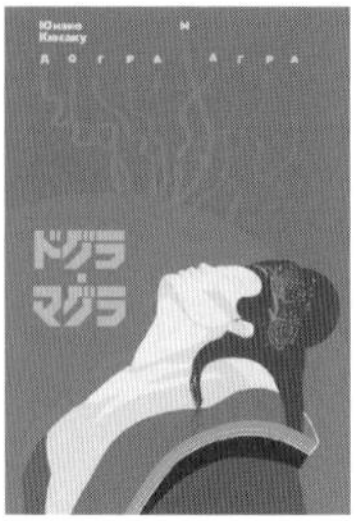

ロシア語版
「ドグラ・マグラ」

フランス語版
「ドグラ・マグラ」

中国語版「腦髓地獄」
小知堂

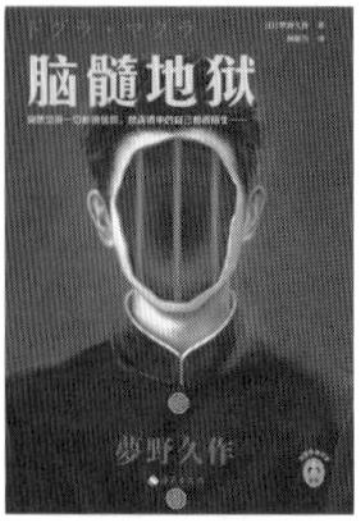

中国語版「脑髓地狱」
海南出版社

中国語版「脑髓地狱」
新星出版社

韓国語版
「ドグラ・マグラ」

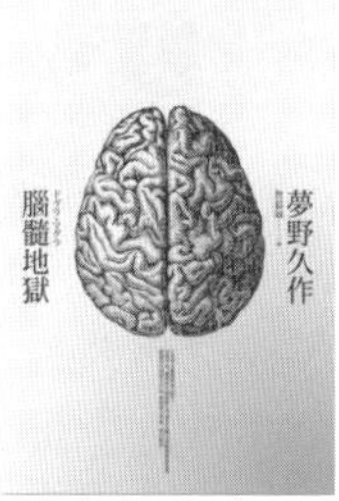

中国語版「腦髓地獄」
野人文化

中国語版「脑髓地狱」
浙江文艺出版社

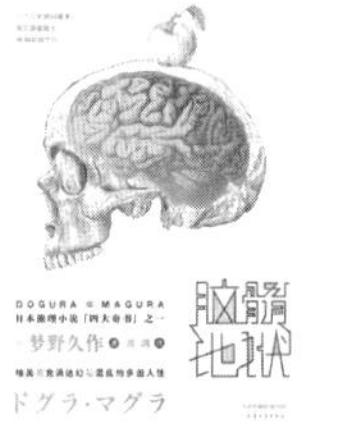

中国語版「脑髓地狱」
天津人民出版社

英語版
「ドグラ・マグラ」

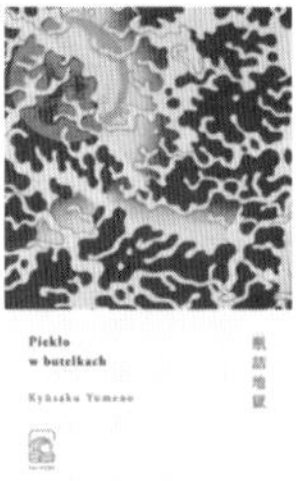

ポーランド語版
「瓶詰地獄」

中国語版「脑髓地狱」
北京时代华文书局

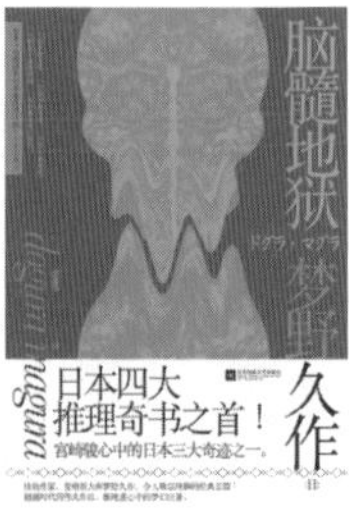

中国語版「脑髓地狱」
江苏凤凰文艺出版社

英語版
「ドグラ・マグラ」

ポーランド語版
「あやかしの鼓」

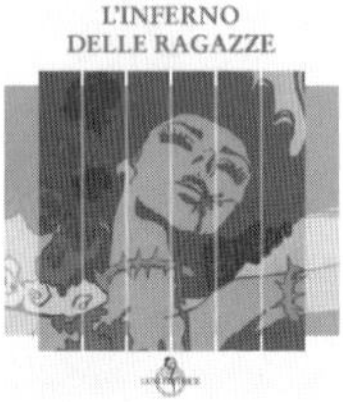

イタリア語版
「少女地獄」

第2章

迷宮からの脱出

夢野久作の遺品から発見された柱時計

六大前提

Ｉ：さて[1]、お立ち会いの皆さん。

『ドグラ・マグラ』を読み解く上で、まずはじめにクリアしておかなければならないことがあります。それは読み手の解釈をどこまで自由にしてよいのかという問題です。

『ドグラ・マグラ』という作品は読み手の側に立つとどんな解釈でも可能で、どの解釈が正解でどの解釈が不正解であるか判然としません。私の読み解きもそれら無限個の解釈の一つである以上、条件は同じであり、むしろ不正解である確率の方が高いくらいです。

そこで、これから私が『ドグラ・マグラ』と対峙するうえでの立脚点を、最初にハッキリさせておきたいと思います。私が読み解きの前提とするのは、次の六つの条件です。


(Ⅰ) 夢野久作著『ドグラ・マグラ』の内容＝《イコール》作中作「ドグラ・マグラ」の内容。

(Ⅱ) 作中作「ドグラ・マグラ」は、「誰かの夢」や「胎児の夢」などではない。また、予言書でもない。物語の中での「私」の過去の現実が記述された原稿であること。
(Ⅲ)　呉一郎＝七号室の患者＝「私」＝アンポンタン・ポカン君＝若い大学生の患者。
(Ⅳ)　呉モヨ子＝六号室の患者＝蘇生した少女。
(Ⅴ)　「私」が離魂病の発症で感じとる視覚・聴覚などの感覚はすべて過去の現実であり、未来からの意識や感覚の流入はありえないこと。
(Ⅵ)　夢野久作は天才である。

これらの諸条件は、これから推論を展開するうえで「原理・原則」となる重要な仮説であり、本講演の大前提であるともいえます。

以後、この六つの仮説を読み解きの起点として思考を深めていくにあたって、これらの大前提を竜骨《キール》として組み立てた一艘《そう》の小舟に、この論述の傍聴人であるあなたにもご乗船いただき、六大前提を是《ぜ》とする現状追認の切符を片手に、『ドグラ・マグラ』の大海原に漕ぎ出したいのです。

もし、途中でこの小舟が難破するようなことになったら呉一郎と「私」は別人だったことになり、本論の主張は即、不正解となる訳です。

ここで六大前提の(Ⅱ)項、作中作「ドグラ・マグラ」は「私」の過去の現実が記述された原稿であること、について少し補足しておきますと、これにはそれなりの根拠があります。『ドグラ・マグラ』の主人公である「私」が、正木敬之《まさきけいし》博士からモヨ子のことを尋ねられる場面に、

「フーム……そうだろう……そうだろう。あの少女が美しいかどうかと訊《き》かれて平気で返事の出来る青年は、恋愛遊戯に疲れた不良連中か、又は八犬伝や水滸《すいこ》伝《でん》に出て来る性的不能患者の後裔《こうえい》だからね……しかし君はあの少女を、それっきり何とも思わなかったかね」

私は本当を云うと、この時の私の心持ちをここに記録したくない。

とありますが、この文中にある「ここ」とは、他ならぬ作中作「ドグラ・マグラ」の文章そのものを指しており、「私は本当を云うと、この時の私の心持ちをドグラ・マグラに記録したくない」と吐露《とろ》していたと読み解くことができるからです。

さらにいえば、「私」が標本室で正木博士に絵巻物の実物を見せられ、最終の第六図まで見終えた場面です。ここで主人公は、

……私は嘘を記録する事は出来ない。あとから考えても恥ずかしい限りであるが、私はおしまいの方ほど急いで見た。

と告白しています。この記述も作中作「ドグラ・マグラ」が「私」の過去の現実の記録であることの根拠のひとつたり得るでしょう。

また加えて、嘘や矛盾や背反証言を見破れないかぎりは『ドグラ・マグラ』の登場人物たちが語る話は基本的に真実として信じるという性善説の姿勢で臨みました。

注解

（1）本章は以下、190頁までズット、主人公Ｉの一人語りである。

Ｉは九州帝大の精神病学教室本館の大講義室で満堂の夢Ｑファンを前に講演しているようなつもりで話している。下図の中央部が明治・大正期の大講義室。（出典：『九大医学部建築史』）

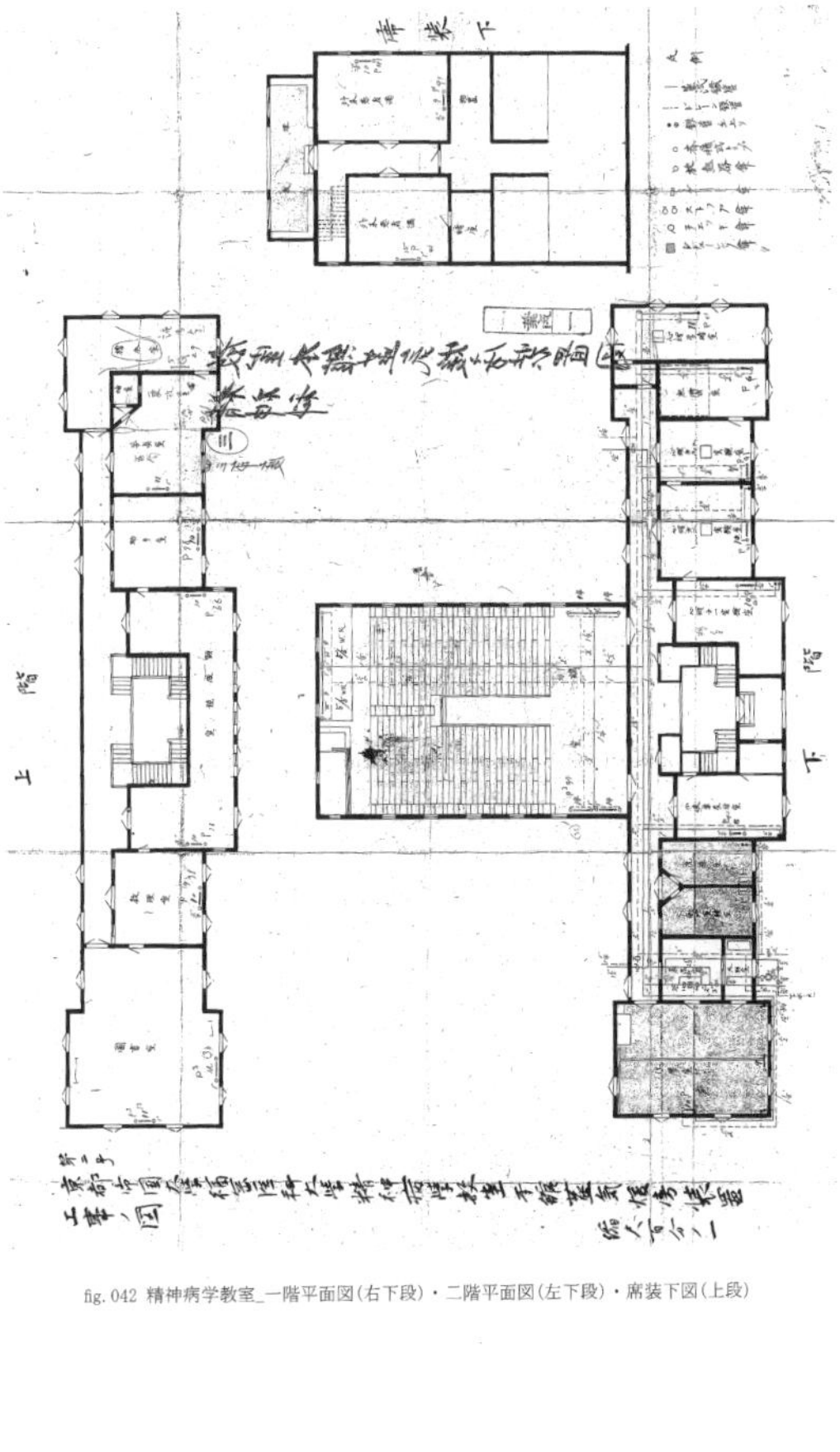

fig. 042 精神病学教室_一階平面図（右下段）・二階平面図（左下段）・席装下図（上段）

ドグラ・マグラの用語

では、まずは『ドグラ・マグラ』を読み解く上に必要な〝夢野用語〟についての説明から……。

◆(作中作)**「ドグラ・マグラ」**………夢野久作著『ドグラ・マグラ』の中には、筆者名のない「ドグラ・マグラ」という標題の手書き原稿が出てくる。この原稿は全部で五冊に分かれていて、その第一頁《ページ》目ごとに赤インキの一頁大の亜剌比亜《アラビア》数字で、Ⅰ、Ⅱ、Ⅲ、Ⅳ、Ⅴ[2]と番号が打ってある。

標題の「ドグラ・マグラ」という言葉の原義については、切支丹《キリシタン》バテレンの呪術を指す長崎地方の方言とされたり、幻魔術《げんまじゅつ》もしくは「堂廻目眩《どうめぐりめぐらみ》」「戸惑面喰《とまどいめんぐらい》」という字を当てて「ドグラ・マグラ」と読ませてもよいとの若林教授の説明がある。

この原稿は九州帝大の精神病科に入院していた若い大学生の患者が正木敬之の死後、不眠不休で一週間で書き上げたもの。夢野久作著『ドグラ・マグラ』と同じく、最初と最後の各一行目が、同じような「……ブウウ――ンンン……ンンンン……」[3]という柱時計の時鐘《じしょう》の音となっている。「胎児よ　胎児よ……」で始まる「巻頭歌」やドグラ・マグラと題した「標題」などがあり、この手書き原稿の内容が夢野久作『ドグラ・マグラ』と一致していることを、夢Qは若林の言葉を借りて強く匂わせている。

◆呪いの絵巻物………この絵巻物には、唐の時代に宮廷で玄宗皇帝と楊貴妃《ようきひ》に仕えた天才画家・呉青秀《ごせいしゅう》によって描かれた未完の九相図《くそうず》(4)が収載されている。呉青秀みずからが絞殺した妻・芳黛《ほうたい》の死骸の腐敗過程が六段階まで描かれた、いわば「六相図」とでも呼ぶべきもの。黛の双生児《ふたご》の妹・芳芬《ほうふん》の手を経て日本に渡来した。六相図のあとには芳芬によって漢文で浄書された由来記が書かれており、さらに巻末には呉一郎の実母・千世子《ちよこ》による正木敬之へ宛てた走り書きが残されている。また、絵巻物の死美人像の第一図と精神科病棟六号室の少女の寝顔は瓜二つである。

他にも多くの謎をもつこの絵巻物は、呉家の代々の男子の心理遺伝による発狂の暗示作用のトリガーとなり、呉青秀の自我を千百年後の現在《いま》にも呼び起こす。

◆心理遺伝………心理遺伝とは、何らかの精神科学的の暗示材料により、当人の人格と自我が何代か前の祖先のそれに入れ替わる症状を指す精神病。祖先の記憶は体細胞の中に眠るとされ、正木敬之博士が提唱。

◆キチガイ地獄外道祭文《げどうさいもん》……精神病院における患者の非人道的な実状を告発した、赤い表紙の小冊子のこと。「一名、狂人の暗黒時代」。精神病患者救済の世論を喚起するために、面黒楼万児《めんくろうまんじ》の通り名で全国放浪中の正木敬之がチョンガレ節にのせて大道《だいどう》で歌った祭文歌《さいもんか》(5)が収録されている。末尾には、新治療法の研究施設を新設するための寄付を呼びかける葉書も添えられている。

◆**解放治療場《ちりょうじょう》**……精神の遺伝作用の研究を目的として、狂人患者を集めて精神的な暗示と刺激を応用した治療法を試みるために建設された施設のこと。大正15年7月に正木敬之の私費により九州帝国大学構内に完成するも、同年10月19日に大惨劇が発生。

◆**胎児の夢**……「胎児は母の胎内で、原生生物から哺乳類へと続く〝生物の進化〟という遠大なストーリーの夢を見ており、その夢に符合《ふごう》しながら肉体を変化させ、個体発生している」という学説。この学説によると、胎児は祖先たち一人一人が生前に体感した感覚や感情・思考などの記憶を夢の中で追体験する。西洋のフロイトとユングの理論をヘッケルとダーウィンとアインシュタインの理論で再構築し、さらに東洋の仏教思想と荘子《そうじ》の「胡蝶《こちょう》の夢」や「盧生《ろせい》の夢」を融合させたかのような印象を受ける一大論文。帝大の卒業論文で正木敬之が提唱し、明治40年末に発表。

◆**脳髄論《のうずいろん》**……「脳髄は物を考える処《ところ》に非《あら》ず」を根本主張とする学説。全身の細胞ひとつひとつは等しく対等に物を考えているとする説。正木敬之が放浪時代に論文にまとめて、大正13年3月に九州帝大の斎藤寿八《さいとうじゅはち》教授に提出して発表。この説によると、脳髄という器官は、人体を構成する体細胞一粒一粒の間でやりとりされる数十兆もの「細胞の意志」を、相互に移転させる交換局にすぎないとされる。

◆**夢中遊行《むちゅうゆぎょう》**……患者の自我が眠っている間に無意識のうちにいろんなことをしてしまって、眼醒《めざ》めた時にはそれを覚えていないという症状を指す。「あてもなくフラフラと出歩くこと」をいう場合もあるが、本作品ではそれと区別されている。正木博士曰く、夢中遊行の発作中に限って人間業《わざ》では出来そうにないスゴイ仕事をやって退《の》けたりする患者もいるらしい。
◆離魂病《りこんびょう》……患者の今現在の感覚に上書きするように、過去に経験した感覚が幻視・幻聴される症状を指す精神病。非睡眠時に離魂病状態におちいった場合には、無自覚な本人には現実と夢の区別がつかず、完全に、または部分的に現実との接触を失う。その結果、本人は夢を現実として誤認する心の病を発症する。正木博士が提唱。
◆正木敬之の五つの遺稿……四百字詰め原稿用紙換算で約千二百枚といわれる夢野久作著『ドグラ・マグラ』の、実に四割以上の文章量を占める膨大な遺稿類。それらの中でも、五番目に登場してくる「空前絶後の遺言書」がダントツの分量を誇る。
ここでは以下、『ドグラ・マグラ』に登場する順にⅠ～Ⅴの番号を振る。
◇遺稿Ⅰ「キチガイ地獄外道祭文」。赤い表紙のパンフレット。
◇遺稿Ⅱ「地球表面は狂人の一大解放治療場」。羅紗紙《らしゃがみ》の台紙に新聞切抜き記事を綴《と》じたもの。
◇遺稿Ⅲ「絶対探偵小説　脳髄は物を考える処に非ず」。脳髄論について正木敬之から取材した内容を新聞記者が文字起こしした原稿。
◇遺稿Ⅳ「胎児の夢」。日本罫紙《けいし》に毛筆で書かれたものを綴じ合わせた、正木敬之の大学卒業論文。のちに提唱する「心理遺伝」論の中核理論をなす。
◇遺稿Ⅴ⑥「空前絶後の遺言書」。正木敬之が西洋大判罫紙《フールスカップ》に走り書きしたもの。狂人の解放治療の実験の結果報告ともいえる遺言形式の原稿。

注解

（2）夢野久作著『ドグラ・マグラ』の本文中の説明によると、作中作「ドグラ・マグラ」は全部で五冊に分かれていて、それぞれ第一頁目ごとに赤インキの一頁大の亜剌比亜《アラビア》数字で、「Ⅰ、Ⅱ、Ⅲ、Ⅳ、Ⅴ」と番号が打ってあるのだという。つまり、「ドグラ・マグラ」の原稿はブロックごとに冒頭に「1、2、3、4、5」とアラビア数字が大きく書き込まれている訳だが、『ドグラ・マグラ』の主人公の「私」は、それを目にした瞬間に心中で「Ⅰ、Ⅱ、Ⅲ、Ⅳ、Ⅴ」と羅馬《ローマ》数字に変換して知覚するという離れ技をやってのけている。これは、前述の六大前提の(Ⅵ)項に則れば、英語の弁論を得意とした呉一郎と主人公の「私」が同一人物であるということを、夢野久作がさり気なくヒントとして忍ばせた高等な〝叙述トリック〟と受け取るべきであろう。つまり、「夢Qの原稿の誤字（アラビア数字とローマ数字の取り違え）などではないッ！」と……。

筆者も主人公の「私」を真似て、そんな知覚が実際に可能かどうか試してみることに。

「1《Ⅰ》、2《Ⅱ》、3《Ⅲ》、4《Ⅳ》、5《Ⅴ》」……出来た！　不可能ではない。やはり夢Qは天才!!

（3）松柏館書店版の『ドグラ・マグラ』の原文は以下の通り（リーダー罫は戦前版なので[…]＝[…]に換算、表記は新字・新かな）。

その次のページに黒インキのゴヂック体で**『ドグラ・マグラ』**と標題が書いて在《あ》るが、作者の名前は無い。

一番最初の第一行が……ブウウ――ンンン……ンンンン……という片仮名の行列から初《はじ》まって居《い》る様《よう》であるが、最終の一行が、やはり……ブウウ――ンンン……ンンンン……という同じ片仮名の行列で終っている處《ところ》を見ると、全部一続きの小説みたような物では無いかと思われる。何となく人を馬鹿にしたような、キチガイジミた感じのする大部《たいぶ》の原稿である。

「……これは何ですか先生……この**ドグラ・マグラ**と云うのは……」

この場面で主人公が標本室で発見する「ドグラ・マグラ」の冒頭と末尾のそれぞれの時計の時鐘《じしょう》のオノマトペ（声喩・擬音語）は、戦後に刊行された他社版の『ドグラ・マグラ』でも松柏館書店版とほぼ同じである。ところが、角川文庫版では「……ブウウ——ンンン——ンンンン……」と、「ンンン」のあとの二倍分の三点リーダーが二倍分の長音符号になっていて、表記が異なる。本書では前者の松柏館書店版に準じることとした。

（4）「九相」とは仏教用語である。広辞苑によると、「人間の死骸が腐敗して白骨・土灰化するまでの九段階を観想すること。肉体への執着を断ずるために修する」とある。「九相図」は、この人間の死後の姿が九段階で変化する様を描いたもので、修行僧に肉体への執着の滅却と諸行無常を説いた絵図。小野小町など高貴な美女が朽ちる様子を描くことが多い。

（5）八坂圭《やさかけい》画伯の表紙画が毎号美しい「月間はかた」の令和3年6月号の特集「楽しく学ぶ、博多芸能史」によると、博多区御供所町《ごくしょまち》の聖福寺《しょうふくじ》（扶桑《ふそう》最初禅窟《ぜんくつ》）の西門のある界隈は〝芸どころ・博多〟の原点となった場所だという。

聖福寺を開いた栄西禅師が宋から博多に戻る際に連れ帰った宋の人々たちは、僧衣と数珠を与えられ、寺内に住まわされました。彼らは念仏踊りなどで布教をしていましたが、言葉や文化の壁から上手くいかず、そのうちに寺で覚えた「祭文」（神仏に捧げることば）にリズムや節を付けて表現する「歌祭文」を生み出しました。なかには歌祭文に合せて人形を操るなど、独自の芸に発展させる者も出たといいます。やがてさらに変化を遂げて、僧籍を離れて滑稽な歌や舞を披露し、喜捨を受ける俳優《わざおぎ》へとその存在は変化していきました。

寺内に住むことから彼らは「寺中《じちゅう》（役者）」と呼ばれるようになりました。寺中は歌舞伎が流行すれば、歌舞伎を演じる役者となり各地を巡演して、江戸時代になると福岡藩より興行権も与えられることに。明治時代に浪花節が一代ブームになると、多くは浪花節語りとなり、同業者が西門《さいもん》エリアに集まりました。〈後略〉

（〃「博多芸能横丁」と呼ばれた西門エリアが芸どころ博多のはじまり!?〃から）

この聖福寺の川向こうが『ドグラ・マグラ』の主人公・呉一郎生誕の地と設定されているのである。

（6）この遺稿Vは、一見《いっけん》すると冗談半分に書いた遺言書のようにも思えるが、途中〝心理遺伝論附録／各種実例〟という見出しが付けられた〝附録〟が収載されている。これは直方《のおがた》と姪浜《めいのはま》で発生した殺人事件について若林が捜査した調査書の原本を正木が抜粋したもので、一連の事件の真相に迫る重要な手懸《てがか》りが秘められている。

主要登場人物

さて、それでは次に夢野久作著『ドグラ・マグラ』の主要登場人物について。

◆**私**………一人称小説『ドグラ・マグラ』の主人公。典型的な〝信頼できない語り手（悪意なき語り手）〟である「私《わたし》」は九州帝国大学医学部・精神病学教室所管の、解放治療場内にある附属病院「精《せい》・東《ひがし》・第一病棟」の七号室に隔離収容されている入院患者。「私」は大正15年11月20日と思われる日の午前1時であろうかという時刻に柱時計の時鐘《じしょう》の音で眼醒めるが、それ以前のすべての記憶を喪失していた。大正15年10月19日の「解放治療場の惨劇」と、同年4月26日の「姪浜《めいのはま》花嫁殺し事件（姪浜事件）」、ならびに大正13年3月26日の「美人後家《ごけ》殺しの迷宮事件（直方《のおがた》事件）」、これら三件の殺人および殺人未遂事件と「私」は深い関わりをもつとされているのだが……。

自《みずか》らの記憶を喪失したまったくの手探り状態から、「私」は正木敬之博士が残したという五つの遺稿類を手掛かりに事件の真相に迫っていく。その中で「ドグラ・マグラ」と題された謎の原稿に出合い、一連の事件の謎はさらに深まっていく。

「私」は何者で、なぜ狂人として九州帝大の病室に隔離収容されているのか。記憶喪失者としての「私」の苦悩と謎の殺人事件の真相とが絡みあいながら、やがて物語は信じがたい驚愕の真実へと収斂《しゅうれん》されてゆく……。

◆**呉一郎《くれいちろう》**………「解放治療場の惨劇」、「姪浜花嫁殺し事件」、「美人後家殺しの迷宮事件」、これら三件の凶悪殺人事件を引き起こしたとされる被疑者。もともと善良かつ頭脳明晰な美青年であったが、祖先から受け継いだ「心理遺伝」によって人格が唐の玄宗《げんそう》皇帝に仕えた宮廷画家・呉青秀《ごせいしゅう》に入れ替わり、一連の殺人事件を引き起こしたのだという。しかし、事件の捜査に学術面から協力する若林鏡太郎博士は、裏には隠れたる真犯人「怪魔人」が存在し、これらの事件の糸を操っていると睨《にら》んでいる。おそらく呉一郎であろうと思われる「私」は、若林鏡太郎の協力を得て正木敬之の遺稿類を頼りに事件の真相に迫っていく。

◆**呉モヨ子**………呪われた狂人の家系・呉家に生を享《う》けた、本作品のヒロイン。匂いたつような可憐な美少女だったが、呉家でその血脈を受け継ぐ若者も、とうとうモヨ子と一郎の二人を数えるまでに家勢は細りきっていた。呉家の血統存続のためというお家事情とは別に、真心から義兄《ぎけい》一郎を恋い慕うモヨ子であったが、結婚式の前の晩に、絵巻物の呪いで殺人鬼・呉青秀の人格に入れ替わった一郎に絞殺されてしまう。齢《よわい》十六でその命も果てたと思われたモヨ子だったが、実は……。

◆**六号室の少女**………本作品の主人公である「私」の隣室・六号室に隔離収容された謎の少女。「私」のことを「お兄さま」と呼び、呉一郎であると信じて疑わない美少女である。彼女は「私」

に、自分が呉一郎の従妹《イトコ》であり、かつ彼の義妹《いもうと》であり、さらには婚約者であったのだと病室の分厚いコンクリートの壁越しに告げる。呉一郎との結婚式の前の晩に「お兄さま」の手にかかって絶命したものの、その後チャント生き返って、今はこうして六号室にいる……というのだった。

若林鏡太郎の説明では、彼女は祖先からの呪わしい「心理遺伝」のために、人格が唐の玄宗皇帝の時代の楊貴妃の侍女であった芳芬《ほうふん》にしばしば入れ替わるらしい。彼女もまた記憶障害のために、若林鏡太郎から尋ねられても自らの名前が分からず、ただ「私」が自分の「お兄さま」であるということ以外には何も分からないと答えるのだが……。

◆**若林鏡太郎《わかばやしきょうたろう》**………「解放治療場の惨劇」、「姪浜花嫁殺し事件」、「美人後家殺しの迷宮事件」、これら三件の殺人事件の謎を追う九州帝国大学医学部在籍の法医学者。九州帝大の医学部長であり、専門の法医学教授に加えて、大正15（１９２６）年10月末以降は後任不在の精神病学教授を兼任。法医学界の権威であり、過去に数々の難事件を解決に導いた実績から「迷宮破り《めいきゅうやぶ》」の異名も持つ。

三件の殺人事件は精神に異常をきたした狂人・呉一郎による犯行と思われているが、若林はその背後に隠れたる真犯人「怪魔人」がいて糸を操《あやつ》っていると睨《にら》み、一連の事件の真相を追っている。そのために「私」に前任の精神病学教授・正木敬之の遺稿類を与えて、事件解決の鍵を握るとみられる「私」の過去の記憶の回復に協力しているのだが……。

◆**正木《まさき》敬之《けいし》**………九州帝大精神病学教室の前任の主任教授。研究狂兼誇大妄想狂を自認する天才肌の研究者。若林とは同郷で、九州帝大在学中は学業に恋にとその覇を競った好敵手の間柄。

明治40（1907）年に帝大第一期生中首席で卒業を果たすが、卒業式の二日前に蒸発して世界放浪の旅に出る。10年後の大正6（1917）年に帰国後、自作の「キチガイ地獄外道祭文」をチョンガレ節の節回しにのせて唄って回り日本各地を放浪するも、大正14（1925）年10月19日の恩師・斎藤寿八《じゅはち》の死を機に母校に戻り、翌15（1926）年2月に斎藤教授の後任として九大精神病学教室の教授職に就く。

新学説「胎児の夢」や「脳髄論」、「狂人の解放治療」の提唱者で、精神病患者の治療場と称して同年7月、九州帝大構内に「解放治療場」を私費で創設する。その後、4ヶ月間の学術実験の後に、自らの研究が仇《あだ》となって10月20日に自殺……と思われていたが、1ヶ月後の11月20日に彼の「遺言書」を読んでいた「私」の眼前に突如、出現する！

◆**呉千世子《ちよこ》**………呉一郎の実母。「直方事件」で呉一郎か、あるいは謎の怪魔人に殺害されたとされる。若き頃よりの美貌の持ち主で、学生時代には「虹野《にじの》ミギワ」の変名を使って多くの男性と浮名を流し、当時の知人からは「男喰い」と噂されていた。

勝気な娘時代であったらしく、17歳で県立女学校を首席で卒業。刺繍《ししゅう》に堪能で、幻の技法とされる唐代の「縫《ぬ》い潰《つぶ》し」を縫い上げることができた。若林鏡太郎や正木敬之とも、それぞれ入れ替わりに同棲関係にあった過去を持つ。一人息子である呉一郎を女手ひとつで育て上げ、一郎の実父の正体を、姉の八代子《やよこ》にも一郎本人にも告げぬまま他界する。生前に一時期、密かに「呪いの絵巻物」を所持していたことがあり、一連の事件の謎を解く重要なヒントをその巻末に書き残していた。

《呉家系譜図》

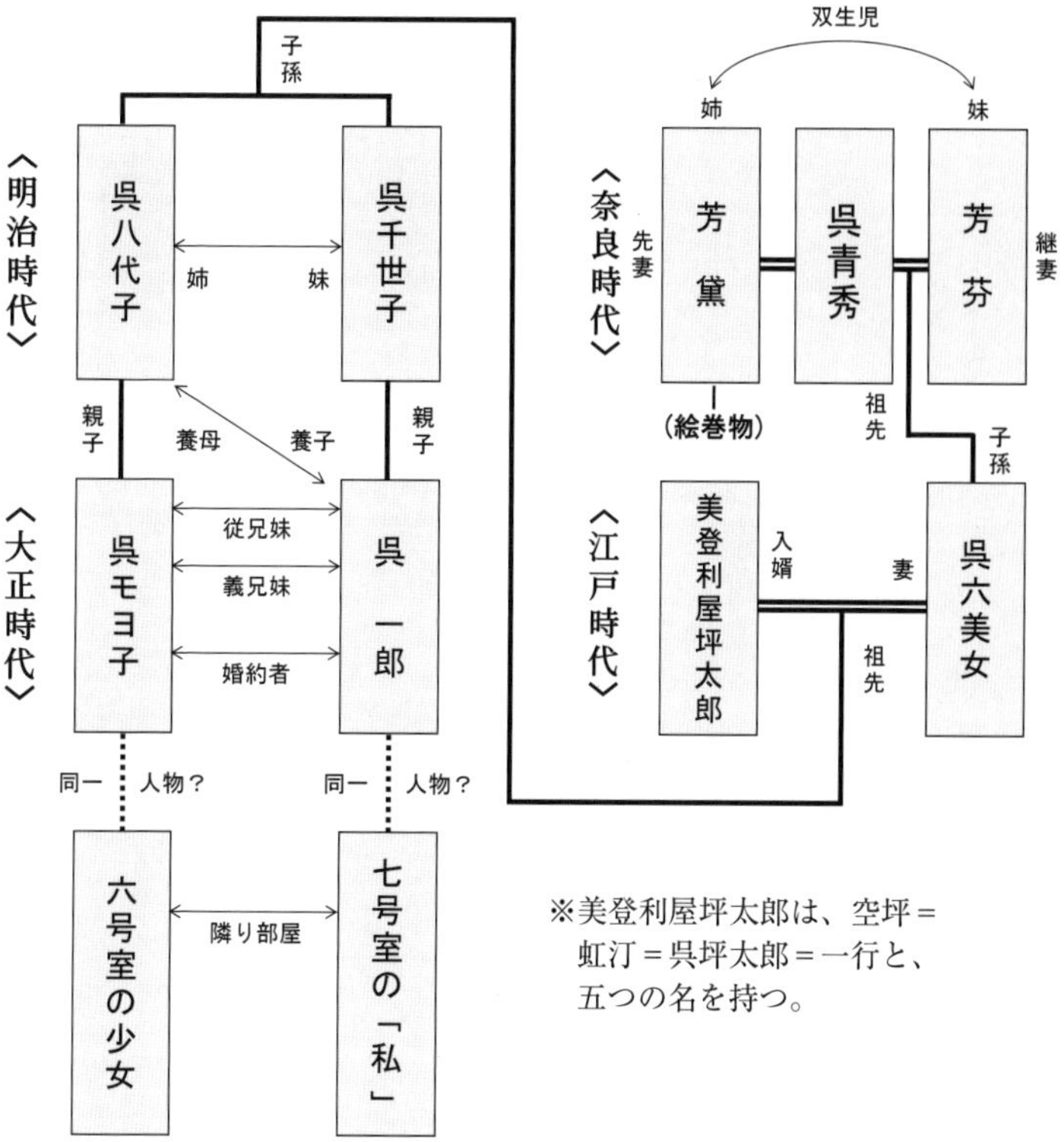

※美登利屋坪太郎は、空坪＝虹汀＝呉坪太郎＝一行と、五つの名を持つ。

あらすじ〈23時間編〉

『ドグラ・マグラ』のあらすじを手っ取り早くまとめると……主人公である「私」の、おそらく大正15年11月20日と思われる日の1時から24時[7]までの23時間の物語である。

◆あらすじ〈23時間編〉

「私」（主人公）は、柱時計の時鐘《じしょう》の音とともに、九州帝大の精神病学教室が所管する附属病院「精《せい》・東《ひがし》・第一病棟」の七号室で眼醒《めざ》める。気が付くと、自分が記憶を喪失していることを知る。「私」を「お兄様」と呼ぶ隣室の美少女と対面するも、記憶は蘇《よみがえ》らない。

一方、九大の前任と前々任の精神病学教授二人が一年毎に変死した事件があったことを、現在同科教授職を兼任する若林鏡太郎から聞かされる。若林は「私」の過去の記憶を蘇らせるために、一ヶ月前に自殺した正木敬之博士の遺稿類を精神病学教室本館・二階の標本室で「私」に与えて記憶の回復を促す。「私」は正木博士の遺稿を読み進むうちに、過去に三件の殺人事件が発生していたことを知り、その被疑者が自分なのかもしれないと感じ始める。

「私」がそれらの遺稿類をすべて読み終えると同時に、突然、目の前に自殺したはずの正木博士が出現。正木との会話の後に、「私」は千百余年前から呉家に降りかかる呪いの歴史と、呉一郎が何者であったかを知る。その後「私」は、正午の午砲（ドン）と同時に九大を飛び出して街の中を彷徨《さまよ》い、いつしか意識が混濁、気が付くと元の精神病学教室の標本室に戻っていた。

夜遅くに目覚めた「私」は、新聞号外記事や正木博士が若林に宛てて書いた官製端書《はがき》の遺書を読み、すべての事件の顚末《てんまつ》を知る。それから「私」はフラフラと七号室に戻るが、柱時計の時鐘の音とともにかつての惨劇のフラッシュバック(8)が次々に起こり、「私」はそれらを見つつ失神してゆく……。

あらすじA……（さらに詳細なシナリオ説明）

(1)「……………ブウウ――――――ンンン――――――ンンンン………………。」と柱時計が鳴り響く深夜、九州帝大の精神病科「精・東・第一病棟」の七号室で「私」は眼醒める。➡(2)窓の磨硝子に映った、髪の毛のモジャモジャとした悪鬼のような「私」自身の影法師を見る。➡(3)自分の記憶喪失に気付いた「私」は叫び声をあげる。隣りの六号室から聞こえてくる謎の少女の声を聞きつつ、次第に意識が薄らいでゆく。➡(4)早朝に目覚めた「私」は朝食をとり、若林鏡太郎に会う。七号室で散髪後に6時4分に退室。西洋館で入浴後に大学生の身支度《みじたく》をさせられ、6時23分に腕時計をつける。➡(5)その姿で、心理遺伝の症状を呈することがあるという六号室の美少女と対面して会話するも、まるで記憶は蘇らない。そのあと若林と「私」は、一旦七号室へ戻る。➡(6)七号室を退出し精神病学教室本館二階の標本室へ移動。記憶を喚び起こすために、部屋のどこかに陳列してあるという「私」の過去の記念物を探り当てる試験を受ける。⬇(7)その試験で、正木敬之の自殺後に若い大学生患者が書いたという「ドグラ・マグラ」の原稿を見つけた「私」は、標題と巻頭歌と本文の一行目と最終行のみに目を通す。⬇(8)正木敬之の九大入学時から卒業後の放浪時代のことと、斎藤教授の変死から葬儀の場での正木と学長とのやり取りまでのあらましを若林鏡太郎から聞く。⬇(9)若林鏡太郎から「今日は大正15年の11月20日」と告げられる。⬇(10)喪失した記憶回復の鍵として、脳髄論の提唱者・正木敬之の五つの遺稿類を読むよう若林鏡太郎から促された「私」は、椅子に腰かけたまま夢中になって読み始める。⬇(11)遺稿の読了直後に正木敬之が出現。「私」は「ワッ……正木先生……」と驚き、彼との会話から自分が何者なのか思考を深めてゆく。⬇(12)離魂病を発症した状態で、大惨劇が発生する直前の解放治療場の様子が見えたり、舞踏狂《ぶとうきょう》の少女の唄が聞こえたりする。⬇(13)突然、額の痛みを自覚する「私」。標本室の扉をノックしてテカテカ頭の老小《ろうこ》使《づか》いが入ってきて、若林からの差し入れのカステーラを正木に渡す。⬇(14)正木敬之が卓上のメリンスの風呂敷包みを解いて、呪いの絵巻物と、その由来記の写しと、殺人事件調査書類を取り出して「私」に説明する。⬇(15)正木敬之が呉家の祖先と絵巻物誕生の逸話を語り、次いで医学生時代の自身や若林と千世子の因縁話を告白する。⬇(16)正木を退散させた後に「私」は絵巻物の紐を解き、巻末まで拡げて、呉千世子の謎解きの文字を発見する！　驚愕した「私」は絵巻物を巻き戻そうとするが手がふるえて取り落とす。⬇(17)リノリウムの床の上をクルクルと拡がってゆく絵巻物。標本室を飛び出した「私」は正午の午砲（ドン）が鳴ると同時に、九大の外へと遁走《とんそう》。そのまま何処《いずこ》かを徘徊《はいかい》しながら、次第に意識が混濁してゆく。⬇⒅いつしか「私」は九大の中のもといた精神病学教室本館二階の標本室に戻っていた。⬇⒆最前のように椅子に腰をかけて、机の上に両手を投げ出して突っ伏した格好で寝込む「私」。⬇⒇目覚めると、衣服も靴も汗と塵埃《ほこり》まみれで、ズボンは膝が破れて泥まみれ。⬇㉑「不思議だ。夢だったのかしら」と思い、「私」は机の上の青いメリンスの風呂敷包みを拡げて絵巻物と殺人事件の調査書類を取り出す。⬇㉒調査書類の下から新聞号外と官製端書に書かれた正木の若林に宛てた遺書を発見し、「私」は一連の事件のその後の顚末を知り標本室を出てゆく。⬇㉓「精・東・第一病棟」の七号室の扉を開いて中に入り、寝台の上にドタリと横たわる「私」。⬇㉔隣室の六号室の少女の声を聞きながら、「私」は胎児の夢のことを考える。⬇㉕深夜24時の柱時計の時鐘が鳴っている最中に、「私」の眼前に過去の惨劇のフラッシュバックが次々に出現してくる。⬇㉖「私」は驚いて飛び起き、駆け出して額から壁にぶつかり失神。その間際に、「私」とソックリな顔が闇の中に浮き出す。「……アッ……呉青秀……」⬇㉗「……ブウウ…………ンン…………ンンン…………。」という柱時計の時鐘の音。

注解

（7）夢野久作著『ドグラ・マグラ』の結末部が24時であるということは、物語の最後の場面で連続して鳴り響く柱時計の時鐘の回数をカウントすることで推測可能である。隣室のモコ子の痛々しい泣き声がピッタリと止んだ際の「……ブ…………ンンンンン……」という柱時計の時鐘の音が1回目で、以下、「……ブ――――ン……」が5回、「……ブ――ン〳〵〳〵……」で5回分、そしてラストの「……ブウウ…………ンン…………ンンン…………。」の1回分を足すと、合計で12回だと分かる。すなわち、この時の時刻が午後12時であったと推断できるのである。

『ドグラ・マグラ』の物語の始まりの「…………ブウウ――――――ンンン――――――ンンンン…………。」が午前1時であると推理できる論理過程については、夢Qが張り巡らせた伏線を回収して、本シリーズの五巻目で主人公Iが若林教授にタネ明かしするプロットを用意しているので、乞う、ご期待！

（8）フラッシュバックを広辞苑で引くと、「過去の強烈な体験が突然脳裏によみがえること。↓ピー・ティー・エス・ディー（PTSD）」とある。

あらすじ〈千百余年編〉

『ドグラ・マグラ』のあらすじを別角度から眺めると、前段のあらすじ〈23時間編〉で触れた「千百余年前から呉家《くれけ》に降りかかる呪いの歴史」として捉えることができる。この絵巻物にまつわる呉家の歴史は、生前の正木博士の証言とその遺稿類を手掛かりに、四つの時代に分けて理解することができる。以下、各時代別の主要登場人物名を挙げる。


奈良時代……玄宗皇帝、楊貴妃、呉青秀、芳黛、芳芬、呉忠雄《ごちゅうゆう》、勝空《しょうくう》。

江戸時代……呉六美女《くれむつみじょ》、美登利屋坪太郎《みどりやつぼたろう》、雲井喜三郎《くもいきさぶろう》。

明治時代……呉千世子、呉八代子、正木敬之、若林鏡太郎、斎藤寿八。

大正時代……呉一郎、呉モヨ子、呉千世子、呉八代子、正木敬之、若林鏡太郎、斎藤寿八。

次に、この千百余年の物語としてのドグラ・マグラのあらすじを、ややミステリーの種明かしも含めながら各時代別に述べてみる。

◆奈良時代……中国では唐代。盛唐末期、忠君愛国の志をもつ宮廷画家・呉青秀は、楊貴妃を溺愛して政《まつりごと》を顧みない玄宗皇帝の迷夢を自らの彩筆を以《もっ》て醒《さ》ますべく、元宮廷女官の新妻《にいづま》を殺《あや》めてその屍《しかばね》の腐敗過程を描いて絵巻物にして献上することを決意する。夫から崇高な志を打ち明けられて感激する芳黛。彼女の快諾《かいだく》のもと山中の画房《アトリエ》で妻を絞殺すると、呉青秀は死美人の腐敗画像を第六図まで描いたところで筆を止める。「美の滅亡」を眺めて写生するうちに変態性欲の虜《とりこ》となった呉青秀は、新たなモデルを求めて鍬《くわ》で女人を殺めたり、新墓《にいばか》を発《あば》いたりする殺人鬼へと変貌していた。

やがて村人に画房を焼かれた呉青秀は都の邸宅へ逃げ帰って自殺をはかるが、間一髪、義兄に恋焦がれていた黛の双生児《ふたご》の妹・芳芬に命を救われる。芬から安禄山の謀反を聞いた呉青秀は、皇帝と楊貴妃の死に忠義の宛てを失い自我崩壊状態となる。

その後、白痴となった義兄の手を引いて方々を流浪する芳芬。二人は舟に乗って長江を下る。海に浮かび嵐に遭い漂流するも、日本に向かう渤海使《ぼっかいし》の船に救われる。呉青秀は洋上に消え、その忘れ形見の呉忠雄《ごちゅうゆう》を船上で産んだ芳芬は日本に運ばれて、唐津の地で土地の豪族、松浦氏に託される。

その地で芳芬は勝空と名乗る旅の僧と出会い、求められて死せる姉の裸像を呉青秀が絵筆に留めた絵巻物を見せる。経典に親しみ心理遺伝の理屈を悟り得ていた勝空は呉家の裏庭の栴檀樹《せんだんじゅ》の大木を伐り倒して赤肉《せきにく》に弥勒菩薩《みろくぼさつ》座像を刻み、その胎内に絵巻物を封じる。そして「向後《こうご》仏壇の奉仕と巻物の披見《ひけん》は呉家の女人のみを以てし、その他の男は一切《いっさい》見るべからず」と固く禁制し去っていった。

二年後、呉家の本尊となった仏像から取り出した絵巻物の余白に、それまでの経緯を由来記として漢文で浄書する芳芬。呉家《くれけ》初代となった息子の呉忠雄は「壮年に及びて子宝幾人《いくにん》を設けし後、又も妻女の早世に遭《あ》ふとひとしく乱心仕《つかまつ》りて相果て候《そうろう》」と、江戸期の呉家の口伝にはあるのだった。

◆江戸時代……慶安（1648〜52年）の頃、京都の茶舗美登利屋《みどりや》の主人・坪右衛門《つぼえもん》は男子を授かり、坪太郎《つぼたろう》と名付けて隠元《いんげん》禅師のもとで学問の研鑽《けんさん》を積ませていた。坪太郎は長じて柳生《やぎゅう》の剣術を修めると、俳諧から大和絵までを嗜《たしな》む文武両道の青年へと成長した。そして名を空坪《くうへい》と号して家を捨て、名勝旧跡を探り歩く遊行《ゆぎょう》の旅に出る。翌年、肥前唐津に到った空坪は、虹《にじ》ノ松原《まつばら》の景勝に感じ入って名を虹汀《こうてい》と改める。

八景を選んで筆紙《ひっし》を展《の》べ、滞《とど》まること半年あまり。晩秋の満月の夜のこと、月影に誘われて浜辺を散策していた虹汀は、華やかな袖《そで》を飜《ひるがえ》し身投げする気配の美しい乙女を救った。彼女の名は呉六美女。聞けば、祖先より伝わる絵巻物が家中にあり、それを盗み見た呉家の男子は代々発狂し、若い女人を殺めては自殺するのだという。この噂がスッカリ近隣に広がり、富農にもかかわらず呉家には嫁婿《よめむこ》の来手が稀《まれ》で、その血筋も六美女一人を残すばかりとなっていた。

かかる折から、唐津藩家老の妾腹《めかけばら》・雲井喜三郎との縁談話が呉家にもたらされる。この喜三郎、剣術の腕前こそ藩内随一であったが、乱暴狼藉三昧《らんぼうろうぜきざんまい》の鼻摘まみ者で、今回の婿入り話も実は財産目当てのものであった。その喜三郎が今夕、前触れもなく呉家に現れると奥座敷の酒席で六美女に絡み、制する乳母《めのと》を抜く手も見せずに斬り捨てた。隙《すき》を見てようやくここまで逃げて来たが、我が身の不倖《ふしあわせ》を想い、入水《じゅすい》自殺を図ろうとしたのだと涙する。直後、跡を追ってきた喜三郎の襲撃を躱《かわ》した虹汀は、六美女を呉家に連れ帰る。乳母の亡骸《なきがら》を弔《とむら》い、仏間に一人で入り三昧《ざんまい》すること十日余り、虹汀は弥勒座像の胎中から取り出した絵巻物は法力によって呪いを祓《はら》い焼き棄てたと家人に告げる。そして、自身は還俗《げんぞく》して六美女の婿となる。

虹汀は国老雲井家の報復を逃れるために唐津を離れることを決意、六美女の手を引いて逃避行に。明け方、二三十人の捕吏《とりて》を引き連れて喜三郎が追い付くが、雪中の決闘を制して虹汀は悠々と筑前黒田領に入り、姪浜《めいのはま》の地を永住の地と定める。そこで田畑を買い求め、呉家の菩提寺・青黛山如月寺《せいたいざんにょげつじ》を建立した虹汀はみずから住職となり、法名を一行《いちぎょう》と称し、如月寺の縁起書を記すのだった。

◆明治時代……日露戦争開戦前夜、千葉県出身の正木敬之と若林鏡太郎は福岡に新設された帝国大学に入学する。正木は精神病学、若林は法医学とその進路は違ったが、共に精神科学方面の研究に興味を示し、迷信や暗示に関する研究の権威である斎藤寿八博士の薫陶《くんとう》を受けていた。その二人に姪浜の豪農にまつわる呪いの噂が届く。その呉家の男子は先祖伝来の絵巻物を見ると代々発狂し、女人を殺めた後に決まって自殺を図るのだという。

この呪いの遺伝の存在を知った二人は、胸中に恐るべき計画を抱《いだ》く。即ち、呉家の娘に自分の胤《たね》で男児を産ませ、その子の成長を待って絵巻物を見せれば呪いの遺伝に関する人体実験ができるという計画である。以後、一致協力して呪いの調査を始めた二人は如月寺の和尚《おしょう》に巧みに取り入り、若林が寺の縁起書を盗み写している間に、正木は御本尊の弥勒座像の首を引き抜いてみるといった調子で、江戸期に虹汀が焼き棄てた事になっていた絵巻物が実は燃やされずに、ツイこの間まで御本尊の胎中に隠されていたという痕跡を掴《つか》む。探りを入れると、どうやら姉妹の妹の方が絵巻物を見つけて隠し持っているらしいところまでは分かったが、二人の連携はそこまでで、以後は絵巻物と呉家の娘の争奪戦が開始される。

呉家には妙齢の娘が二人いたが、姉の八代子《やよこ》は既婚者であったために、狙いは絵巻物の所有者でもあるらしい妹の千世子《ちよこ》に絞られた。その頃、千世子は女学校を卒業し、自由恋愛に憧れながら虹《に》野《の》ミギワの変名で翠糸《すいし》女塾(9)という裁縫学校に通っていた。二人の帝大生から突然、アプローチを受けた千世子は最初、若林と交際し同棲するが、正木の罠により若林の許《もと》を去ると入れ替わりに正木との同棲生活に入る。その端境《はざかい》に身籠った千世子は十月十日後の明治40年11月22日に御笠《みかさ》川の畔《ほとり》の松園《まつぞの》の隠れ家(10)で玉のような男児を出産する。千世子は絵巻物の巻末の余白に正木に宛てた和歌を記すと、同年11月26日から12月9日までの間に再び元の如月寺の弥勒座像の胎内に戻す。

出産後の気の緩みを衝《つ》いて千世子から絵巻物の隠し場所を訊《き》き出せたと確信した正木は、卒業式(11)の二日前にひそかに絵巻物を盗み出すことに成功する。そして故郷の財産整理と母子の入籍手続きでいったん帰省するといって千世子を納得させると、その日のうちに母校の卒業式をスッポカシて上京。そのまま故郷へは帰らずに東京へ転籍の手続きをして全速力で海外へと飛び出した。

12月12日の帝国大学の第一回卒業式は首席卒業者であった正木不在のままにお開きとなり、さきに侃侃諤諤《かんかんがくがく》の教授会議の末に卒業論文中第一位と決していた正木の「胎児の夢」毛筆原稿と、明治天皇より下賜《かし》された「恩賜《おんし》の銀時計」が大学側には残された。翌日、正木より盛山学部長に書信が届く。そこには「胎児の夢を理解できる者が自分以外にいるとは、研究が未熟で合わす顔がない。次はキット、何人《なんぴと》にも理解されない大研究を成し遂げるつもりなので、当分のあいだ恩賜の時計は大学側で保管願いたい」旨が認《したた》められていた。

千世子は戻ってこない正木を探すために、赤ん坊を抱いて上京、息子の出生届を「明治40年11月20日、東京府駒沢村にて誕生。父不詳――呉一郎」と、日付と場所を偽って提出する。その後、千世子は、駒沢→金杉→小梅→三本木→麻布笄町《こうがいちょう》といった順で転居を繰り返すが、これは親子の消息を追う不気味な視線を感じてのものだった。一方、姪浜では明治43年正月すぎに八代子が夫の源吉《げんきち》と離別し、それから日をあけず娘のモヨ子を出産していた。このモヨ子と一郎が出会うのは、それから14年後の大正13年4月3日のことである。

◆大正時代……大正4年。千世子は学齢に達した一郎を連れて東京を離れ、福岡県直方《のおがた》町へと転居、住居兼私塾「つくし女塾」で新生活を始める。それを陰から見届けた若林は同年、英国留学へ。

この頃、正木は米国を経由して欧州各地を巡遊、墺・独・仏の名誉ある学位を取得していた。

大正6年、若林が英国から帰国するとの情報を察知した正木は、十年間の欧米滞在を切り上げて帰朝。九大法医学部教授に昇進した若林の動静を手掛かりに、呉親子の隠れ家を突き止めた。正木は直方小学校で美しい顔に澄《す》んだ瞳の一郎と対面するも、純真無垢な少年の姿を前に学術実験の十字架に架ける決心が揺らぐ。

良心と研究欲の絡《から》み合いの煩悶《はんもん》から、正木は自ら作歌した「キチガイ地獄外道祭文」を謡《うた》って日本各地を廻る放浪生活へ。しかし、個人としての良心は学術の研究欲に負ける。正木は「狂人の暗黒時代」と、その内に蔓延《まんえん》する「キチガイ地獄」を自らの学説の力で打ち破るべく、何もかも打ち忘れて盲進する当初の意気組《いきぐみ》を回復する。そうして、冷静なる残忍さを以《もっ》て一郎の年齢を指折り数え得るようになるのだった。

読者にミステリーとしての『ドグラ・マグラ』の謎解きの楽しみを残しておくために、以下にはその後の主な事件の日時や場所などを挙げるに止《とど》める。

美人後家《ごけ》殺しの迷宮事件　大正13年3月26日2時頃。直方、つくし女塾。死亡・呉千世子。死因・絞死。春休みで帰省中の福岡高等学校生徒・呉一郎による夢中遊行状態での絞殺か、または怪魔人による絞殺。状況として、殺害後に縊死《いし》と見せかけるための偽装工作が認められる。

斎藤教授変死事件　大正14年10月19日未明。九州帝大裏、筥崎《はこざき》水族館裏手海岸、馬出《まいだし》浜。死亡・斎藤寿八。死因・溺死。状況として、泥酔による転落事故死か、または怪魔人による殺人の可能性。

姪浜花嫁殺し事件　大正15年4月26日2時過ぎ。姪浜、呉家、三番土蔵《ぐら》二階。死亡（?・）・呉モヨ子。死因（?・）・絞首。同日夜明け頃に、呉八代子頭部致傷。被疑者は共に呉一郎。

屍体《したい》解剖室内の奇怪事《きっかいじ》　大正15年4月26日23時過ぎ。九州帝大、法医学教室、屍体解剖室。蘇生・呉モヨ子。施術者・黒怪人物。仮死状態からの蘇生、および屍体すり替えの偽装工作（?・）。

正木・若林両博士の会談　大正15年5月2日15時頃。九州帝大、精神病学教室本館、標本室。会談者・正木敬之、若林鏡太郎。内容は呉一郎の精神鑑定依頼。

正木博士による呉一郎の精神鑑定　大正15年5月3日9時。福岡地方裁判所応接室。被鑑定者・呉一郎。鑑定人・正木敬之。立会人・若林鏡太郎、大塚警部、鈴木予審判事、二人の廷丁《ていてい》。

解放治療場《ちりょうじょう》に呉一郎が現われた最初の日　大正15年7月7日。九州帝大、精神病学教室所管、解放治療場。実験者・正木敬之。被験者・呉一郎。他に7人の狂人たち。

解放治療場2ヶ月目の呉一郎　大正15年9月10日。九州帝大、精神病学教室所管、解放治療場。実験者・正木敬之。被験者・呉一郎。他に9人の狂人たち。

解放治療場の惨劇　大正15年10月19日正午。九州帝大、精神病学教室所管、解放治療場。

死亡・瘠《や》せた少女（浅田シノ）、舞踏狂の少女（お垂髪《さげ》の娘）。死因・ともに頭蓋骨粉砕骨折。重傷・甘粕藤太《あまかすとうた》、毬栗頭《いがぐり》の小男、髯《ひげ》だらけの大男。被疑者・呉一郎。

若林教授による六号室への少女移送　大正15年10月19日21時前後の一時間。九州帝大、精神病学教室所管、解放治療場、附属病院「精《せい》・東《ひがし》・第一病棟」第六号室。

正木博士投身自殺　大正15年10月20日15時頃。九州帝大裏、筥崎水族館裏手海岸、馬出浜。死亡・正木敬之。死因・溺死。状況として、鉄製の狂人用手枷足枷《てかせあしかせ》を以て緊縛後に投身の可能性。

姪浜の大火、如月寺延焼　大正15年10月20日18時頃。姪浜、呉家および如月寺。死亡・呉八代子。死因・焼死。状況として、錯乱興奮後に自宅放火。延焼した菩提寺の猛火に飛び込み焼死の可能性。

注解

（9）ドグラ・マグラの作中には、呉一郎の母・千世子が16歳（満年齢）当時に通っていた裁縫学校として「翠糸女塾《すいし》」なるものが登場する。この裁縫塾の名として冠せられた「翠」は雌のカワセミの意。また、カワセミの羽根の色のように美しく鮮やかな緑色の意もある。

現在の福岡市博多区大博町《たいはく》大浜には、江戸期から明治期にかけて福岡最大の遊里の郷として三百年栄えた旧・柳町《やなぎまち》があった。ここには明治15（1882）年、「翠糸学校」が開校されて、当時、遊郭で働く芸娼妓たちが習字・算盤・茶の湯・生け花・裁縫・礼儀作法などを学んでいた。芸者や娼妓らに基礎教育を与えた遊郭は当時珍しく、福岡の他には富山県富山市の「女紅場」と福井県三国町の「歌川学舎」の二校があるのみだった。

もともと博多の大浜にあった柳町は、九州では長崎の丸山や熊本の二本木《にほんぎ》と並び称された大規模な遊郭街だったが、明治36（１９０３）年に川ひとつ隔てた近隣に帝国大学が新設されると学生や教員連中の勉学の妨げになるとして、明治42（１９０９）年から翌年にかけて妓楼《ぎろう》が曲輪《くるわ》ごと3キロほど南の新柳町（現・福岡市中央区清川）へと強制移転させられた（こちらも一方は川だった）。移転先の新遊郭街の入り口には〝春風緑柳飛鳳凰／夜雨青燈引鸚鵡〟と彫られた石門が立ち、その門を入ってすぐ右側には交番と遊郭組合事務所が置かれ、その隣りが二階建て木造校舎の翠糸学校だった。この芸娼妓たちの学校は新柳町が昭和20（１９４５）年の福岡大空襲で焼失するまで同地に存続した。

（参考文献・リベラシオン№１５７　公益社団法人福岡県人権研究所）

これは筆者の推測であるが、夢野久作はこの「翠糸学校」の名から呉千世子が通う裁縫学校を「翠糸女塾」と名付けたのではないだろうかと思う。塾主の松村マツ子女史の名は、身売りした時の借金（減らない借金）のカタに取られて楼主の暴力と監視のもと〝着飾った娼妓が張見世《はりみせ》という格子の牢獄の中で往来の男たちの視線にさらされてジッと待つ姿〟から、久作が着想したものではなかったかと。「張見世」は、大正5（１９１６）年までは日本の法律では合法とされていたのである。

ちなみに、ドグラ・マグラの作中で「翠糸女塾」の所在地とされた水茶屋の地（現・福岡市博多区千代《ちよ》2丁目）には、明治大正期に柳町とは別の遊里があり、〝満洲帰りの芸者（いわゆる馬賊芸者）〟で人気を博した「水茶屋券番」があった。こちらの芸妓の方が柳町、新柳町よりも格が上とされた。

余談ではあるが、水茶屋にあった最上級の料亭旅館の「常盤館《ときわかん》」は辛亥革命前夜に玄洋社が孫文を匿《かくま》っていた場所である。そもそも常盤館の前身の若松屋は功山寺挙兵の直前まで筑前勤王党が手配して高杉晋作が潜伏していた隠れ家としても知られる。
(10) 千世子が一郎を産んだ松園は、博多の聖福寺とは御笠川を挟んで対岸の位置にあり、現在の県立福岡高校の付近。将来「呉一郎生誕の地」の電柱看板を設置するときには、福岡高校近辺が望ましい。福岡高校の前身は、旧制・福岡中学で、久作の長男・杉山龍丸の母校でもあった。なお、ここでいう電柱看板とは、その地にゆかりのある人物や史実などを案内する〝電柱歴史案内〟のこと。創業百年を超える博多の老舗額縁店《ガクブチてん》店主・立石武泰さんが主宰する市民団体ハカタ・リバイバル・プランが、「電柱歴史案内2000本プロジェクト」の一環として現在まで120ヶ所に設置中のもの。都市景観賞広告賞(福岡市)、屋外広告景観賞(福岡県)、手づくり郷土《ふるさと》賞(国交省)などを受賞。立石さんは、〝エコ・ミュゼはかた博物館〟と銘打って屋根のない博物館《ミュゼ》をコンセプトに、博多2000年の歴史を包む〝ミュゼの額縁《ガクブチ》〟の完成を目指している。
(11) 九州帝国大学医学部の第一回卒業式典は明治40年12月12日に挙行されている(出典:『九州大学医学部五十年史』、1953年、九州大学医学部五十周年記念会刊)。

ドグラ・マグラの時間の流れ①

ここまで、夢野久作著『ドグラ・マグラ』のあらすじを、〈23時間編〉と〈千百余年編〉として、それぞれできるかぎり簡単に述べてみた。しかし、作品の時間の流れを摑《つか》もうとすると、たいていの読者は戸惑ってしまうだろう。その原因としては主に次の二つがあげられる。

一つは、主人公の「私」が眼醒めた「今日」という日の年月日が今一つハッキリとしないこと（若林鏡太郎が「今日は大正十五年の十一月二十日ですから」と、とりあえず語ってはいるが）。

二つは、主人公の見ている世界が夢なのか現実なのか判然としないこと。つまり、前述の「あらすじA」（133頁〜）には主人公の「私」の夢と現実が混在しているようなのである。

※以下、162頁の「あらすじA〈一覧〉」を参照。

そこで読者としての私の読み解きであるが、「あらすじA」の⑾、⑿、⒀、⒁、⒂、⒃、⒄、⒅と、㉕、㉖で、主人公は何らかのきっかけで無意識のうちに離魂病を発症[12]しているとみる。この離魂病状態で主人公の「私」が見ているのは、現実世界よりも一ヶ月前の過去の世界であり、より正確にいうと、それは大正15年10月20日の世界である。つまり、(11)の正木敬之の登場シーンから、主人公が九大に無自覚に戻ってくる(18)までの時間帯で、主人公は離魂病を発症した状態にある。そのために主人公の「私」は、肉体は11月20日に居ながら、精神では10月20日の過去の記憶を見ているものと考える。

さらに厄介なことに、主人公の「私」は10月20日にも離魂病を発症している（いた）。後述する「あらすじB」の(12)の箇所がそうなのだ（だった）が、そこでは主人公は、肉体は10月20日に居ながら精神では10月19日の過去の記憶を見ている（いた）。

※163頁の「あらすじB〈一覧〉」も参照。

これは、11月20日の「私」の視点からは、例えるなら、夢の中で寝ている自分が見ている夢を見ているというような、二重の離魂病を発症していたことになる。

※巻末綴じ込みの上段「ドグラ・マグラの時間の流れの図解」を参照。

これだけでも読者としてはかなり脳髄を酔わされるが、さらに夢野久作は読み手の脳髄にトドメを刺すかのように物語の結末へと誘《いざな》ってゆく。24時の柱時計の時鐘が鳴り響く物語のラストシーン(25)、(26)で、主人公は再度の離魂病の発症によると思われるフラッシュバックのために、肉体は11月20日に居ながら、精神では時間も場所もマチマチにジャンプを繰り返し、おぞましい過去の現実を立て続けに見てゆく（目の前に突きつけられる）ことになる。

主人公の視点が、11月20日の現実世界から離魂病のフラッシュバック状態に切り替わるサイン(13)は、コンクリートの壁を叩く隣室のモヨ子の痛々しい泣き声が、「……ブ……ンンンン……」という柱時計の音が聞こえてくると〝ピッタリと止んだ。〟という表現の中にある。現実世界では泣き続けているはずのモヨ子の声が、離魂病を発症した「私」の耳にはピッタリと聞こえなくなったことで、主人公が夢の世界に完全に没入したらしいことが読みとれる。

このフラッシュバック状態では、悪夢のような過去の現実が主人公の眼前に飛び出してくる。

※以下、ア〜カについては前述の巻末綴じ込みの上段「ドグラ・マグラの時間の流れの図解」の〝夢〟から〝現実〟に伸びる矢印を参照。

ア：大正15年10月20日正午直前。標本室から去り際の正木敬之の自殺前の最後の表情⒁が……。

イ：大正13年3月26日未明。背後から細紐で首を締めあげられる呉千世子の死に際の表情が……。

ウ：大正15年10月19日正午直後。浅田シノのグザグザの後頭部が黒い液体をドクドクと……。

エ：大正15年4月26日夜明け頃。下駄《げた》で頭を打ち据《す》えられて血まみれになった八代子の顔⒂が……。

オ：大正15年10月19日正午直後。頬《ほほ》を破られたイガ栗頭が……、眉間《みけん》を砕かれたお垂髪《さげ》の娘が……、前額部の皮を引き剥《は》がされた鬚《ひげ》だらけの顔が……。

最後に㉖では、

カ：一直線に駆け出し壁にぶつかって、失神間際に頭髪と鬚を蓬々《ほうぼう》とさした「私」とソックリな顔が暗《やみ》に浮かび、「……アッ……呉青秀《ごせいしゅう》……」と叫ぶ間もなく、掻《か》き消すように見えなくなってしまう。

だが、この顔は、六大前提の(V)項（「私」が離魂病の発症で感じとる視覚・聴覚などの感覚はすべて過去の現実）に則《のっと》れば、これもまた、過去に見た現実の誰かの顔となる。主人公はそもそも、呉青秀の顔を一度も見たことがないのである。よって、このフラッシュバック(26)の正体とは、(2)の大正15年11月20日のその日の真夜中の午前1時過ぎに磨硝子(16)に映った、髪の毛のモジャモジャとした悪鬼のような「私」自身の「影法師」であったとする読み解きが可能なのかもしれない。というのも、散髪前の蓬々髪の自分の顔を、その日の「私」が目撃するシーンは作中ではここ以外にはないからである。

蛇足ではあるが、「影法師」を国語辞典『精選版　日本国語大辞典』で引いてみると、

㊀影絵。㊁光をさえぎったため、地上や障子、壁などにその人の形が黒く映ったもの。かげぼう。かげぼし。かげんぼし。㊂鏡や水などに映った像。㊃（影の人の意）演劇や映画などで、ある人物の替え玉となる人。吹き替え。スタンドイン。㊄想像によって目の前に描き出す、人物や物事。

とある。

「影法師」の意味が「あらすじA」の(2)では国語辞典の㊂の意味で用いられていたと捉えると、(26)で「私」が呉青秀と思った悪鬼のような人物の正体とは、他ならぬ散髪前の「私」自身の姿であったことが窺《うかが》い知れる。

一方、この暗《やみ》に浮かんで消えた悪鬼は、ある意味では国語辞典の㊄の用法の影法師、つまりドグ

ラ・マグラのこの場面では離魂病の発症状態で眼前に出現した「私」であったとも考えられる。だが、もしもフラッシュバック[26]の正体が前者、つまり、その日の朝に磨硝子に映った己の顔ではなかったとしたらどうだろう。それは大正15年5月3日に福岡地方裁判所応接室で正木敬之に身柄を引き取られてから10月19日までの間に、鏡か何かで見知っていた蓬々髪《ぼうぼうがみ》の主人公の「私」……つまりは、

> 頭髪《かみのけ》と鬚[17]を蓬々とさして凹《くぼ》んだ瞳《め》をギラギラと輝やかしながら眼の前の暗《やみ》の中に浮き出した。
> そうして私と顔を合わせると、忽《たちま》ち朱い大きな口を開いて、カラカラと笑った……

という、発狂した呉一郎自身のゾッとするような顔付きだったのだろう。実はこれこそが、主人公の「私」が是《ぜ》が非でも否定して忘れたかった呉青秀に自我を乗っ取られていた時の過去の自分の姿の記憶だったのである。

それは正木博士の畢生《ひっせい》の研究が予想通りの成果を収めた[18]ことを示すものであり、同時に「狂人の解放治療」が成功して抑圧されていた「私」の記憶が解放された瞬間でもあった訳だ。

⋘……悪魔め！⋙

作品世界の神である夢野久作もまた、この瞬間に照準を合わせて畢生《ひっせい》の大作『ドグラ・マグラ』を起筆し、その草稿の標題に当初は「狂人の解放治療」と銘打っていたのだろうと思われる。

≪……「私」はおそらく、悪魔にも神にも呪われて生を享《う》けていたらしい……。≫

注解

（12）離魂病の状態におちいった「私」は、今現在（11月20日）の感覚に上書きするように、過去（10月20日同時刻）に経験した感覚を幻視・幻聴している。つまり、肉体は11月20日に居ながら、精神では10月20日の過去の記憶を見ている。非睡眠時に離魂病を併発した場合には、無自覚な本人には現実と夢の区別がつかないために、観察者の若林の目から見ると、「あらすじA」の⑾、⑿、⒀、⒁、⒂の箇所で「私」は標本室の中で相手もなしに（まるで目の前に正木が居るかのように）、身振り手振りを交えながら独り言（10月20日の正木との会話内容）を喋り続けている。――この状況を読者に気付かせるための布石として、夢野久作は正木敬之の遺稿Ⅲ「絶対探偵小説　脳髄は物を考える処に非ず」の中で、他に誰も居ない七号室の中で存在しない群集に向かって身振りまじりに滔々《とうとう》と脳髄論を演説するアンポンタン・ポカン君を登場させている。――そして「私」は⒃ではパントマイムのように絵巻物を拡げる仕草をし、⒄では午砲（ドン）と同時に夢（10月20日同時刻の記憶）の続きを追うかのように九大の外へ飛び出して遁走《とんそう》し、実際に現実の街を徘徊《はいかい》している。なお、この⒄の場面で「私」が標本室内に居なかったことは「あらすじA」の⒇でズボンが破れて泥まみれであったことから推理可能である。

これらのことからも、過去の記憶を喪失した状態の主人公「私」と同じような立場に置かれているであろう読者である「私たち」に対して、推理の手掛かりとなるような伏線を張り巡らせて夢Ｑが

『ドグラ・マグラ』という名の探偵小説を執筆していたことが分かるのである。

（13）筆者が主人公である「私」の視点が現実世界から離魂病のフラッシュバック状態に切り替わるサインであると指摘した時計の時鐘の音の表記についての補足。

モヨ子の痛々しい泣き声が「ピッタリと止んだ」際の柱時計の音が、角川文庫版および講談社文庫版と、他の出版社版とではその表記が異なる。

ドグラ・マグラの初版本を刊行した松柏館書店と他の出版社版では、

「……ブ…………ンンンン……」

と表記されている箇所が、角川文庫版および講談社文庫版では、

「……ブ――ンンンン……」

である。

後者では、「ブ」の後の罫《けい》の表記が違う（無音を表す「…………」4倍のリーダー罫が、長音を表す2倍の表罫《おもてけい》「――」に）ばかりでなく、その後の「ン」の数も一つ少ない。

（14）『ドグラ・マグラ』では、以下の、

……ブ――――ン……

……という音につれて私の眼の前に、正木博士の骸骨みたような顔が、生汗をポタポタと滴らしながら鼻眼鏡をかけて出て来た……と思うと、黙礼をするように眼を伏せて、力なくニッと笑いつつ消え失せた。

という箇所が、「私」のフラッシュバック（大正15年11月20日24時）のシーンとして登場する。

この情景が、正木敬之が入水自殺をはかった際の姿（大正15年10月20日15時頃）や、その屍体発見時（大正15年10月20日17時頃）の姿でないことは明らかである〈六大前提の(II)項〉。そもそも「私」は正木博士の死の光景をいっさい目撃していない。

一方、「私」が生前の正木博士と別れた最後の場面（大正15年10月20日正午まえ）は次の通りであった……。

老小使《こづかい》の言葉がまだ終らないうちに、正木博士は最後の努力かと思われる弱々しい力で、椅子からヒョロヒョロと立ち上った。死人のように力無い表情で私を振り返って、何か云いたそうに唇を引き釣らせつつ、微かに頭を左右に振ったようであったが、忽《たちま》ち涙をハラハラと両頬《ほほ》に流すと、私に目礼をするように眼を伏せて、又も頭をグッタリとうなだれた。そうして小使が明け放しておいた扉《ドア》の縁に捉《つか》まりながらフラフラと室《へや》を出て行ったが、今にも倒れそうによろめきつつ、入口の柱に手をかけて、ようやっと、廊下の板張りの上に立ち止まった。するとその後から追いかけるようにギイギイと閉まって行った扉が、忽ちバラバラに壊れたかと思うほど烈しい音を立てると、室中の硝子窓が向うの隅まで一斉に共鳴して、ドット大笑いをするかのように震動し、鳴動し、戦慄した。

この原文中にある、「目礼をするように眼を伏せて」という記述によって、前述の主人公のフラッシュバック時の情景（大正15年11月20日24時）と、「私」の1ヶ月前（大正15年10月20日正午まえ）の記憶がリンクしていると筆者は見ている。つまり、正木博士が施し、若林教授が引き継いだ解放治療によって、「私」の抑圧していた過去の記憶が解放され始めたのである。

なお、松柏館書店版などでは区別されている「黙礼」と「目礼」が、ちくま文庫版では「黙礼」を「目礼」に変えて同一の表記となっていることには、ここでは立ち入らない。

(15)『ドグラ・マグラ』では、以下の……、

……ブ――――ン……

八代子の血まみれになった顔が、眼を引き釣らして……

という箇所が、「私」のフラッシュバック（大正15年11月20日24時）のシーンに登場する。この時の

情景が、呉八代子が自宅に放火後、延焼した菩提寺に飛び入って焼死する時の姿（大正15年10月20日18時頃）でないことは明らかである。そもそも「私」＝呉一郎はその光景を目撃していないからである。

そのうえでだが、「私」はここで呉八代子と別れた最後の瞬間の記憶を取り戻していることがわかる。

具体的には、戸倉仙五郎が目撃していた以下の場面である。

お八代さんも慄《ふる》え上ったらしく、無理に振り切って行こうとしますと、若旦那はスックリと立ち上って、縁側を降りかけていたお八代さんの襟髪《えりがみ》を、うしろから引っ捉えましたが、そのまま仰向けに曳《ひ》き倒して、お縁側から庭の上にズルズルと曳きずり卸《おろ》すと、やはりニコニコと笑いながら、有り合う下駄《げた》を取り上げて、お八代さんの頭をサモ気持快《よ》さそうに打って打って打ち据《す》えられました。お八代さんは見る見る土のように血の気がなくなって、頭髪がザンバラになって、顔中にダラダラと血を流して土の上に這《は》いまわりながら死に声をあげましたが……

この抑圧されていた記憶の解放は、『ドグラ・マグラ』において「八代子の顔面流血」というキーワードによって、「私」の7ヶ月前の過去の記憶（大正15年4月26日夜明け頃）と、つまりは発狂中の呉一郎の記憶とリンクしている。

（16）昭和10年初版の松柏館書店版『ドグラ・マグラ』の2頁・3行目には磨硝子に（みがきがらす）のルビが振ってある。また、同4頁・1行目と2行目にはそれぞれ磨硝子に（すりがらす）のルビがあり、前者と後者では、その表記に相違がみられる。

（17）手許の辞書で「ひげ」の項を引くと、「【髭】（主として男子の）口・ほお・あごのあたりに生える毛」とされている。表記としては、「ほおひげを強調する場合は、髯、あごひげであることを強調する場合には、鬚を使う」とも。夢野久作はヒゲ全般を指して、鬚の字をあてていたものと思われる。辞書に倣えば、本来、「私」はヒゲ全般を指す髭の意で〝髭ボウボウ〟のはずだが、久作の表現では、〝あごひげ〟の意の鬚の字に、ヒゲ全般を指す意を持たせていることがわかる。「私」は〝鬚ボウボウ〟で、口・ほお・あごのあたりに生える毛が伸びているのだろう。

(18) ここで筆者が「予想通りの成果」というのは、『ドグラ・マグラ』の後半部、九大の標本室で「私」が正木から絵巻物を見せられたあとの、次の二人の会話を根拠としている（傍線部）。

「しかし……あの呉一郎の頭は……治りましょうか」

「呉一郎の頭かね。それあ回復するとも……吾輩には自信がある」

こう云い放った正木博士は、皮肉な表情でニヤニヤと笑って見せた。私の顔を透かして見るような暗い眼付を真正面から浴びせかけた。

「あの呉一郎の頭が回復するのは、ちょうど君の頭が回復するのと同時だろうと思うがね」

私は又しても呉一郎と同一人という暗示を与えられたような気がしてドキンとした。……のみならず二人の頭の病気が、全然おなじ経過を執って回復して行きつつあるような正木博士の口吻《くちぶり》に、云い知れぬ気味わるさを感じたのであった。

また、『ドグラ・マグラ』のラスト近くで新聞号外大見出しに「解放治療は　予想通りの大成功と正木博士放言す！」と出てくるくだりも該当する。

正木は〝解放治療場の惨劇〟の直後に大学本部で松原総長に面会して高声《こうせい》に議論、「狂人の解放治療の実験は今回の出来事に依って予想通りの大成功に終りました」と繰り返して放言し、「同解放治療場は今日限り閉鎖を命じておきました。永々御厄介をかけましたが御蔭で都合よく実験を終りまして感謝に堪えませぬ。なお私の辞表は明日提出致します。後の事は若林学部長に委託してありますから」云々と云い棄てて、呵然大笑しつつ扉を押し開き立ち去っている。翌日、正木は入水自殺するが、これらの傍線の箇所からも、呉一郎がその後どのような経過をたどって回復するか、全てを見通したうえでの自殺だったことが読み取れるのである。

なお、上述の「高声《こうせい》に議論」の〝高声〟のルビは松柏館書店版『ドグラ・マグラ』の原文からの引用である。手許の辞書で〝高声〟の項を引くと、「【高声《こうせい》】 高い声。大きい声。↕低声。小声。」とある。この原文の箇所を〝声高〟に変えている出版社もあるが、これを辞書で引くと、「【声高《こわだか》】 声を高く張りあげる様子」との意味もあり、やや感情的なニュアンスが加味された表現となる。よって、こちらは誤った解釈による原文（テキスト）改変だと筆者には思われる。

このように夢野久作が『ドグラ・マグラ』に張りめぐらせたミステリーの伏線が、読者に逆の意味で受け取られてしまいかねない原文改変は良くない。

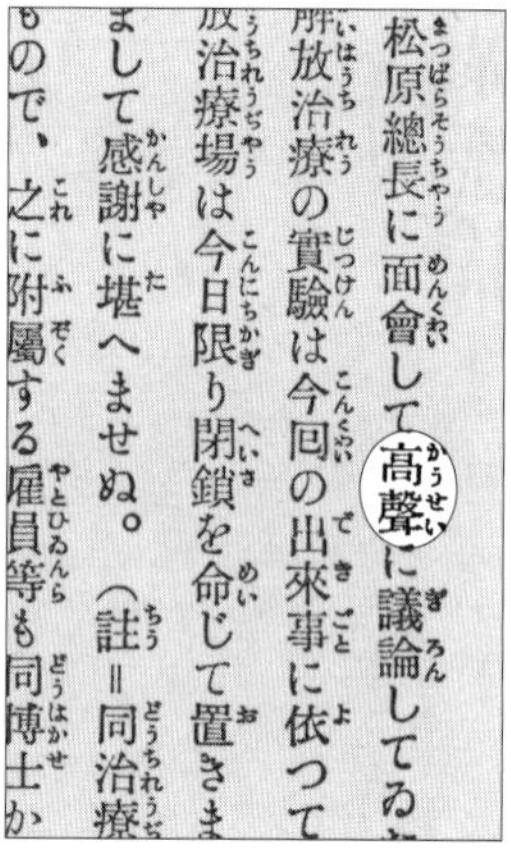
松原總長《まつばらそうちやう》に面會《めんくわい》して高聲《かうせい》に議論《ぎろん》してゐ
解放治療《いはうちれう》の實驗《じつけん》は今回《こんくわい》の出來事《できごと》に依《よ》つて
放治療場《うちれうぢやう》は今日限《こんにちかぎ》り閉鎖《へいさ》を命《めい》じて置《お》きま
まして感謝《かんしや》に堪《た》へませぬ。（註《ちう》＝同治療《どうちれう》
もので、之《これ》に附屬《ふぞく》する雇員等《やとひゐんら》も同博士《どうはかせ》か

松柏館書店版721頁目

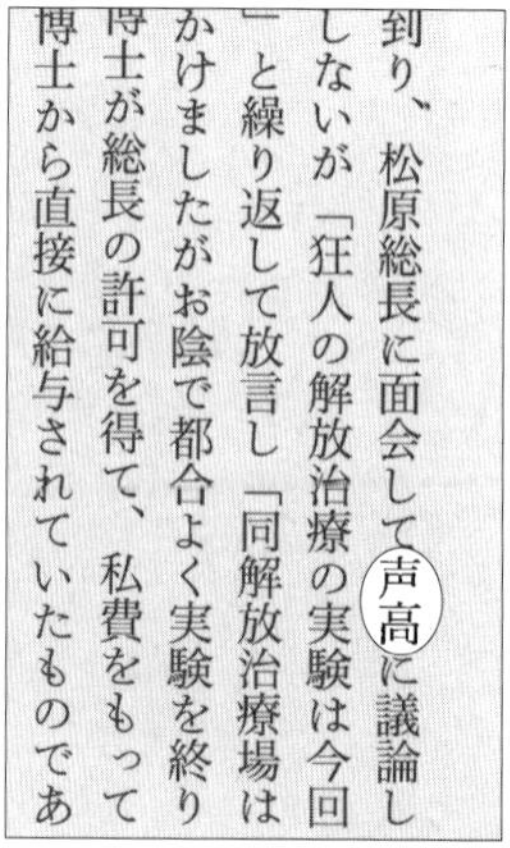
到り、松原総長に面会して声高に議論し
しないが「狂人の解放治療の実験は今回
」と繰り返して放言し「同解放治療場は
かけましたがお陰で都合よく実験を終り
博士が総長の許可を得て、私費をもって
博士から直接に給与されていたものであ

角川文庫版・下巻361頁目

ドグラ・マグラの時間の流れ②

ところで、ここですこし冷静に考えてみると、大正15年11月20日の出来事、つまり「あらすじA」とほぼ同じ現実が、どうやら大正15年10月20日に存在しているらしいのである。

その根拠は、11月20日に主人公の「私」が手にとった作中の「ドグラ・マグラ」の存在である。

この作中作「ドグラ・マグラ」は、物語冒頭の第一行目と、物語末尾の一行が、ともに「……ブウウ――ンンン……ンンンン……」という同じような片仮名表記になっている。大正15年11月20日に作中作「ドグラ・マグラ」が存在するためには、11月20日と似通った丸一日を一度現実のこととして「私」が体験して、それを後日に記述する必要がある（※六大前提の(Ⅱ)項）。

とすると、物語冒頭の「…………ブウウ――――――ンンン――――――ンンンン…………。」から物語末尾の「……ブウウ…………ンン…………ンンン…………。」までの一日が、11月20日以前に存在していなければ作中の「ドグラ・マグラ」の執筆は不可能なのである。

その推測に従って、大正15年10月20日にも11月20日と対をなすように、「あらすじA」と同じような一日の出来事「あらすじB」が存在していたと仮定してみる。

するると、奇妙なことが起こってしまう。なんと、10月20日には作中作「ドグラ・マグラ」が存在しない（できない）のだ！

夢野久作が執筆した『ドグラ・マグラ』には、九州帝大精神病学教室の附属病院に入院していた若い大学生患者が執筆したとされる「ドグラ・マグラ」が登場する。つまり、現実世界で私たち読者が読む夢野久作『ドグラ・マグラ』の中では、主人公の「私」も「ドグラ・マグラ」を読んでおり、どちらのドグラ・マグラにも同じ巻頭歌《かんとうか》があり、かつ、最初と最後の各一行がやはり同じように「……ブウウ――ンンン……ンンン……」と記述された入れ子構造となっていることになる。
※以後、若い大学生患者が執筆したとされる作中作「ドグラ・マグラ」と区別して、夢野久作が執筆した現実世界の『ドグラ・マグラ』を夢野久作著または夢野久作『ドグラ・マグラ』と呼ぶこととする。
作中作「ドグラ・マグラ」はそもそも、正木敬之が亡くなって間もなく、九州帝大精神病学教室の附属病院に入院していた若い大学生患者によって書かれたものだと若林鏡太郎が説明している。つまり、10月20日の午前中にはまだ正木敬之が自殺していないので、ドグラ・マグラは存在しえない。このように、絶対不可能な現実は黒塗り白ヌキ文字《ベタ》としながら、そういった相違点は認めつつも、可能な限り11月20日に酷似した現実を10月20日の1時から24時までの時間帯に時系列順に嵌《は》め込んでいく作業を進めてみた。

そうすると、作中作「ドグラ・マグラ」が登場する⑺以外の「あらすじA」の⑴から㉗までは、一工夫すれば、概《おおむ》ね問題なく10月20日の1時から24時までの時間帯に矛盾なく埋め込むことができた。以後これを「**あらすじB**」と呼ぶ。※以下、１６３頁の「あらすじB〈一覧〉」を参照。

ここでいう「一工夫」とは、11月20日の「私」の視点では離魂病の発症部分であった正木敬之の突然の登場シーン⑾から、「私」が午後の市中徘徊《はいかい》後に九大に戻る⒅までの箇所を、10月20日の「私」の視点で現実の出来事として捉え直すという「事実認識の操作」である。ただし、【ドグラ・マグラの時間の流れ①】で説明したとおり、⑿については10月20日においても相変わらず離魂病を発症中である。なお、この日は「夢に夢みる」二重の離魂病ではなく、普通の（？）一重の離魂病である。この⑿の離魂病で主人公の「私」は、肉体は10月20日に居ながら、精神では10月19日の過去の記憶を見ている（いた）ことになる……。

さて、さらに物語のラストシーン㉕、㉖で「私」は、フラッシュバックのために、肉体は10月20日24時に居ながら、精神は時間も場所もマチマチにジャンプを繰り返す。㉕では10月19日以前の惨劇の数々を、㉖では10月20日朝の己の影法師を、それぞれ連続的離魂病の発症によって目の当たりにしている（いた）。

以下は蛇足の類いの話だが、㉒で「私」が調査書類の下から新聞号外を発見するシーンは、10月20日にイベントとして発生可能なのか？　実はこれも若林鏡太郎が当日の23時頃までに新聞号外を入手してセットしておけば不可能なことではない。ポイントは、この新聞が朝刊・夕刊などのよう

あらすじA〈一覧〉　11月20日（大正15年）　第2回目の学術実験		
現実	1:00	(1)「…………ブウウ――――ンンン――――ンンンン………………。」と柱時計が鳴り響く深夜、九州帝大の精神病科「精・東・第一病棟」の七号室で「私」は眼醒める。
現実		(2)窓の磨硝子に映った、髪の毛のモジャモジャとした悪鬼のような「私」自身の影法師を見る。
現実		(3)自分の記憶喪失に気付いた「私」は叫び声をあげる。隣りの六号室から聞こえてくる謎の少女の声を聞きつつ、次第に意識が薄らいでゆく。
現実	明け方	(4)早朝に目覚めた「私」は朝食をとり、若林鏡太郎に会う。七号室で散髪後に6時4分に退室。西洋館で入浴後に大学生の身支度をさせられ、6時23分に腕時計をつける。
現実		(5)その姿で、心理遺伝の症状を呈することがあるという六号室の美少女と対面して会話するも、まるで記憶は蘇らない。そのあと若林と「私」は、一旦七号室へ戻る。
現実	7:30	(6)七号室を退出し精神病学教室本館二階の標本室へ移動。記憶を喚び起こすために、部屋のどこかに陳列してあるという「私」の過去の記念物を探り当てる試験を受ける。
現実	7:42	(7)その試験で、正木敬之の自殺後に若い大学生患者が書いたという「ドグラ・マグラ」の原稿を見つけた「私」は、標題と巻頭歌と本文の一行目と最終行のみに目を通す
現実		(8)正木敬之の九大入学時から卒業後の放浪時代のことと、斎藤教授の変死から葬儀の場での正木と学長とのやり取りまでのあらましを若林鏡太郎から聞く。
現実		(9)若林鏡太郎から「今日は大正15年の11月20日」と告げられる。
現実		(10)喪失した記憶回復の鍵として、脳髄論の提唱者・正木敬之の五つの遺稿類を読むよう若林鏡太郎から促された「私」は、椅子に腰かけたまま夢中になって読み始める。
夢	10:13	(11)遺稿の読了直後に正木敬之が出現。「私」は「ワッ……正木先生……」と驚き、彼との会話から自分が何者なのか思考を深めてゆく。
夢		(12)離魂病を発症した状態で、大惨劇が発生する直前の解放治療場の様子が見えたり、舞踏狂の少女の唄が聞こえたりする。
夢		(13)突然、額の痛みを自覚する「私」。標本室の扉をノックしてテカテカ頭の老小使いが入ってきて、若林からの差し入れのカステーラを正木に渡す。
夢		(14)正木敬之が卓上のメリンスの風呂敷包みを解いて、呪いの絵巻物と、その由来記の写しと、殺人事件調査書類を取り出して「私」に説明する。
夢	10:57	(15)正木敬之が呉家の祖先と絵巻物誕生の逸話を語り、次いで医学生時代の自身や若林と千世子の因縁話を告白する。
夢	11:50	(16)正木を退散させた後に「私」は絵巻物の紐を解き、巻末まで拡げて、呉千世子の謎解きの文字を発見する！　驚愕した「私」は絵巻物を巻き戻そうとするが手がふるえて取り落とす。
夢	12:00	(17)リノリウムの床の上をクルクルと拡がってゆく絵巻物。標本室を飛び出した「私」は正午の午砲(ドン)が鳴ると同時に、九大の外へと遁走。そのまま何処かを徘徊しながら、次第に意識が混濁してゆく。
夢		(18)いつしか「私」は九大の中のもといた精神病学教室本館二階の標本室に戻っていた。
現実	夜遅く	(19)最前のように椅子に腰をかけて、机の上に両手を投げ出して突っ伏した格好で寝込む「私」。
現実		(20)目覚めると、衣服も靴も汗と塵埃まみれで、ズボンは膝が破れて泥まみれ。
現実		(21)「不思議だ。夢だったのかしら」と思い、「私」は机の上の青いメリンスの風呂敷包みを拡げて絵巻物と殺人事件の調査書類を取り出す。
現実		(22)調査書類の下から新聞号外と官製端書に書かれた正木の若林に宛てた遺書を発見し、「私」は一連の事件のその後の顛末を知り標本室を出てゆく。
現実		(23)「精・東・第一病棟」の七号室の扉を開いて中に入り、寝台の上にドタリと横たわる「私」。
現実		(24)隣室の六号室の少女の声を聞きながら、「私」は胎児の夢のことを考える。
夢	24:00	(25)深夜24時の柱時計の時鐘が鳴っている最中に、「私」の眼前に過去の惨劇のフラッシュバックが次々に出現してくる。
夢	24:00	(26)「私」は驚いて飛び起き、駆け出して額から壁にぶつかり失神。その間際に、「私」とソックリな顔が闇の中に浮き出す。「……アッ……呉青秀……」
現実	24:00	(27)「……ブウウウ…………ンン…………ンンン…………。」という柱時計の時鐘の音。

あらすじB〈一覧〉　10月20日（大正15年）　第1回目の学術実験		
現実	1:00	(1)「…………ブウウ―――――ンンン―――――ンンンン………………。」と柱時計が鳴り響く深夜、九州帝大の精神病科「精・東・第一病棟」の七号室で「私」は眼醒める。
現実		(2)窓の磨硝子に映った、髪の毛のモジャモジャとした悪鬼のような「私」自身の影法師を見る。
現実		(3)自分の記憶喪失に気付いた「私」は叫び声をあげる。隣りの六号室から聞こえてくる謎の少女の声を聞きつつ、次第に意識が薄らいでゆく。
現実	明け方	(4)早朝に目覚めた「私」は朝食をとり、若林鏡太郎に会う。七号室で散髪後に6時4分に退室。西洋館で入浴後に大学生の身支度をさせられ、6時23分に腕時計をつける。
現実		(5)その姿で、心理遺伝の症状を呈することがあるという六号室の美少女と対面して会話するも、まるで記憶は蘇らない。そのあと若林と「私」は、一旦七号室へ戻る。
現実	7:30	(6)七号室を退出し精神病学教室本館二階の標本室へ移動。記憶を喚び起こすために、部屋のどこかに陳列してあるという「私」の過去の記念物を探り当てる試験を受ける。
現実		(7)「ドグラ・マグラ」が 存在しない！
現実		(8)正木敬之の九大入学時から卒業後の放浪時代のことと、斎藤教授の変死から葬儀の場での正木と学長とのやり取りまでのあらましを若林鏡太郎から聞く。
現実		(9)若林鏡太郎から「今日は大正15年の11月20日」と告げられる。
現実		(10)喪失した記憶回復の鍵として、脳髄論の提唱者・正木敬之の五つの遺稿類を読むよう若林鏡太郎から促された「私」は、椅子に腰かけたまま夢中になって読み始める。
現実	10:13	(11)遺稿の読了直後に正木敬之が出現。「私」は「ワッ……正木先生……」と驚き、彼との会話から自分が何者なのか思考を深めてゆく。
夢		(12)離魂病を発症した状態で、大惨劇が発生する直前の解放治療場の様子が見えたり、舞踏狂の少女の唄が聞こえたりする。
現実		(13)突然、額の痛みを自覚する「私」。標本室の扉をノックしてテカテカ頭の老小使いが入ってきて、若林からの差し入れのカステーラを正木に渡す。
現実		(14)正木敬之が卓上のメリンスの風呂敷包みを解いて、呪いの絵巻物と、その由来記の写しと、殺人事件調査書類を取り出して「私」に説明する。
現実	10:57	(15)正木敬之が呉家の祖先と絵巻物誕生の逸話を語り、次いで医学生時代の自身や若林と千世子の因縁話を告白する。
現実	11:50	(16)正木を退散させた後に「私」は絵巻物の紐を解き、巻末まで拡げて、呉千世子の謎解きの文字を発見する！　驚愕した「私」は絵巻物を巻き戻そうとするが手がふるえて取り落とす。
現実	12:00	(17)リノリウムの床の上をクルクルと拡がってゆく絵巻物。標本室を飛び出した「私」は正午の午砲（ドン）が鳴ると同時に、九大の外へと遁走。そのまま何処かを徘徊しながら、次第に意識が混濁してゆく。
現実		(18)いつしか「私」は九大の中のもといた精神病学教室本館二階の標本室に戻っていた。
現実	夜遅く	(19)最前のように椅子に腰をかけて、机の上に両手を投げ出して突っ伏した格好で寝込む「私」。
現実		(20)目覚めると、衣服も靴も汗と塵埃まみれで、ズボンは膝が破れて泥まみれ。
現実		(21)「不思議だ。夢だったのかしら」と思い、「私」は机の上の青いメリンスの風呂敷包みを拡げて絵巻物と殺人事件の調査書類を取り出す。
現実		(22)調査書類の下から新聞号外と官製端書に書かれた正木の若林に宛てた遺書を発見し、「私」は一連の事件のその後の顛末を知り標本室を出てゆく。
現実		(23)「精・東・第一病棟」の七号室の扉を開いて中に入り、寝台の上にドタリと横たわる「私」。
現実		(24)隣室の六号室の少女の声を聞きながら、「私」は胎児の夢のことを考える。
夢	24:00	(25)深夜24時の柱時計の時鐘が鳴っている最中に、「私」の眼前に過去の惨劇のフラッシュバックが次々に出現してくる。
夢	24:00	(26)「私」は驚いて飛び起き、駆け出して額から壁にぶつかり失神。その間際に、「私」とソックリな顔が闇の中に浮き出す。「……アッ……呉青秀……」
現実	24:00	(27)「……ブウウウ…………ンン…………ンンン…………。」という柱時計の時鐘の音。

に通常発行されている号ではなく「号外」であることだ。号外は、速報性にこそ存在意義がある。事件当日の出来事こそが新聞号外になるのであって、前日に起きた出来事はただの朝刊記事である。このあたりの機微について読み手は、夢野久作がプロの作家になる前はプロの新聞記者および新聞編集者であったという職業的キャリアを、よくよく考慮しておく必要がある。

ドグラ・マグラの時間の流れ③

　さて、前段までの読み解きで、二つの異なる日付の、二つの似通ったシナリオが浮かび上がってきた。大正15年11月20日の出来事「あらすじA」と、大正15年10月20日の出来事「あらすじB」である。この対をなす両日のシナリオは、ほぼ同じ「あらすじ」である。相違点は作中作「ドグラ・マグラ」が存在するかしないのかの一点のみ。10月20日の「あらすじB」では作中作「ドグラ・マグラ」が存在せず、11月20日の「あらすじA」では作中作「ドグラ・マグラ」が存在するので、「あらすじA」が存在する。夢野久作『ドグラ・マグラ』にも作中作「ドグラ・マグラ」が存在するので、「あらすじA」と夢野久作『ドグラ・マグラ』は、その内容が完全に一致すると考えて差し支えない。数式めいていえば、

　夢野久作『ドグラ・マグラ』＝11月20日の「あらすじA」≠10月20日の「あらすじB」といったところだろうか。

　さらに、「あらすじA」と「あらすじB」とでは、まったく同じ台詞《せりふ》であったとしても、それが時間に関するものである場合は、その意味を注意深く吟味する必要がある。【ドグラ・マグラの時

間の流れ②】の「事実認識の操作」のくだりでは詳しく説明しなかったが、あらすじ⑼の「若林鏡太郎から「今日は大正15年の11月20日」だと告げられる。」場面。これは、11月20日の出来事である「あらすじA」では真、10月20日の出来事である「あらすじB」では偽、となる。

もう一点、あらすじには記載しなかったが、若林鏡太郎が六号室の少女の境遇について語る……、

「……さよう、世にも稀《まれ》な美しいお方です。しかし間違い御座いませぬ。本年……大正十五年の四月二十六日……ちょうど六個《か》月以前に、あなたと式をお挙げになるばかりになっておりました貴方《あなた》の、たった一人のお従妹《イトコ》さんです。その前の晩に起りました世にも不可思議な出来事のために、今日《こんにち》まで斯様《かよう》にお気の毒な生活をしておられますので……」

という台詞についても、同様の真偽転換が発生してくる。ただこの場合、前者と後者の真偽が逆転し、この「ちょうど六個月以前」という台詞が、11月20日の出来事である「あらすじA」では偽、10月20日の出来事である「あらすじB」では真――となっている。

夢野久作と若林鏡太郎は、こうした「時間の揺らぎ」を台詞の中に潜ませることで、読者である「私たち」と主人公である「私」のそれぞれの脳髄に揺さぶりをかけているのだ。

ドグラ・マグラの入れ子構造の謎解き①

さて、【ドグラ・マグラの時間の流れ】については①〜③で、おおよそ整理がついた。ここからはいよいよ【ドグラ・マグラの入れ子構造】について読み解いていく。それでは、いったいどうすれば夢野久作『ドグラ・マグラ』と同じ文章内容の作中作「ドグラ・マグラ」が完成するのか？　この難題に挑戦してみよう。

六大前提の(I)項（夢野久作著『ドグラ・マグラ』の内容＝《イコール》作中作「ドグラ・マグラ」の内容）に則《のっと》るなら、「あらすじA」は、夢野久作著『ドグラ・マグラ』の「あらすじ」であると同時に、作中作「ドグラ・マグラ」の「あらすじ」でなければならない。この、作中作「ドグラ・マグラ」の「あらすじ」というのが曲者《くせもの》なのである。というのも、大正15年10月20日の一日の出来事を、正木敬之の自殺後に若い大学生患者（六大前提の(III)項＝私）が作中作「ドグラ・マグラ」として書き上げた後に記憶喪失になったと読み解いた場合、この作中作「ドグラ・マグラ」の原稿は「あらすじB」と同内容となり、若林鏡太郎が告げるところの「今日」すなわち大正15年11月20日に主人公の

「私」がその「あらすじB」の「ドグラ・マグラ」を手にしたとしても、その作中作「ドグラ・マグラ」の文中には〝入れ子〟の作中作「ドグラ・マグラ」の記述が存在せず、夢野久作『ドグラ・マグラ』とは内容が完全には一致しない。

　このような作中作「ドグラ・マグラ」が記載されていない、非・入れ子構造の「ドグラ・マグラ」を大正15年11月20日に主人公がいくら読んでも、それは〝夢野久作著『ドグラ・マグラ』の内容＝《イコール》作中作「ドグラ・マグラ」の内容〟という六大前提の(I)項の仮説から外れてしまう。したがって無限の入れ子構造から、主人公の「私」は決して脱出できないのである。

ドグラ・マグラの入れ子構造の謎解き②

作中作「ドグラ・マグラ」は、夢野久作『ドグラ・マグラ』と同様、

胎児よ
胎児よ
何故躍《おど》る
母親の心がわかって
おそろしいのか

という、「巻頭歌《かんとうか》」なるものから始まっている。

続く本文は、最初と最後の各一行がそれぞれ「……ブウウ――ンンン……ンンンン……」と鳴る柱時計の時鐘の音で、それは夢野久作『ドグラ・マグラ』の冒頭の「私」の眼醒めと、その一日の

終わりの様子と同じである。すなわち、言い当てている。

　さらに、この作中作「ドグラ・マグラ」を通読した若林鏡太郎は『ドグラ・マグラ』の中で主人公の「私」から標題等の意味をたずねられて、「それはこの原稿の中に記述されている事柄《ことがら》をお話し致しましたら、幾分《いくぶん》、御想像がつきましょう」と断わったうえで、そこに《記述されている事柄[19]》が以下のようなものだと説明している。

……「精神病院はこの世の活地獄《いき》」という事実を痛切に唄いあらわした阿呆陀羅経《あほだらきょう》の文句……

……「世界の人間は一人残らず精神病者」という事実を立証する精神科学者の談話筆記……

……胎児を主人公とする万有進化の大悪夢に関する学術論文……

……「脳髄は一種の電話交換局に過ぎない」と喝破《かっぱ》した精神病患者の演説記録……

……冗談半分に書いたような遺言書……

……唐時代の名工が描いた死美人の腐敗画像……

……その腐敗美人の生前に生写《いきうつ》しともいうべき現代の美少女に恋い慕われた一人の美青年が、無意識のうちに犯した残虐、不倫、見るに堪えない傷害、殺人事件の調査書類……

……そのようなものが、様々の不可解な出来事と一緒に、本筋と何の関係もないような姿で、百色眼鏡《ひゃくいろめがね》のように回転して現れて来るのですが〈以下略〉

若林が語ったこれら七つの事柄は、正木敬之が残した「五つの遺稿」（「キチガイ地獄外道祭文」、「地球表面は狂人の一大解放治療場」、「胎児の夢」、「絶対探偵小説　脳髄は物を考える処に非ず」、「空前絶後の遺言書」）や、呉青秀が描いた「呪いの絵巻物」、若林鏡太郎が捜査した「殺人事件調査書類」と符合する。つまり、夢野久作『ドグラ・マグラ』の主人公「私」が作中で体験する丸一日のスケジュールは、作中作「ドグラ・マグラ」の中にも同一の筋書きとして記述されていたことが暗示されているのだ。

常識的に、このような未来予知は予言者でもない限り不可能である。それでは、若い大学生の入院患者が予言者でないとして、このような作中作の執筆が可能なのだろうか？

ここでもう一度、状況を整理して考えをまとめ直してみたい。

10月20日の学術実験の後に、おそらく「私」と同一人物であろう若い大学生の入院患者は、10月20日の一日の体験をもとに、草稿・第一「ドグラ・マグラ」を執筆している。この時に書かれた内容は夢野久作『ドグラ・マグラ』とよく似てはいるが、完全に同じではない。決定的な違いは、「私」が「ドグラ・マグラ」をまだ発見していないことだ。当たり前のことである。したがって、巻頭歌と、最初と最後の「……ブウウ――ンンン……ンンンン……」という時計の時鐘の記述も読んでいない。10月20日の時点では「ドグラ・マグラ」が存在していないので、この相違点はむしろ当然である。

では、どうすれば、作中作「ドグラ・マグラ」と夢野久作『ドグラ・マグラ』は、その内容が完全に一致するのか？　この難問は簡単には解けなかった。

注解

（19）若林鏡太郎が作中作「ドグラ・マグラ」の中に記述されていると語る事柄、七つに関するくだりでは、３番目と４番目が夢野久作『ドグラ・マグラ』での記載順と入れ替わっている。これは若林教授のミスであって、夢Ｑのミスではない。ましてや、清書を手伝っていた妻のクラさんや、久作の秘書の紫《し》村《むら》一重《かずしげ》氏にも罪はない。

〈以下は、おまけ〉

　列記された七つの事柄には正木敬之が残した「五つの遺稿」が含まれているが、若林鏡太郎が語る作中作「ドグラ・マグラ」の内容紹介の順番は夢野久作著『ドグラ・マグラ』の中での出現順とは微妙に違っている。夢Ｑ著では、主人公「私」は《①「キチガイ地獄外道祭文」、②「地球表面は狂人の一大解放治療場」、③「絶対探偵小説　脳髄は物を考える処に非ず」、④「胎児の夢」、⑤「空前絶後の遺言書」》の順で正木の遺稿を読破していくが、若林鏡太郎は、《①「キチガイ地獄外道祭文」、②「地球表面は狂人の一大解放治療場」、③「胎児の夢」、④「絶対探偵小説　脳髄は物を考える処に非ず」、⑤「空前絶後の遺言書」》の順で語っている。つまり、③と④の順番が入れ替わっていると、筆者はここでイイタイのである。これには……、

　1.……若林鏡太郎は正確な順番で列挙しようと思いつつも、ウッカリ誤って語ったか、

　2.……若林鏡太郎は、そもそも遺稿の順番など気にせずに順不同で列挙していったか、

3.……一ヶ月前の「私」が「絶対探偵小説　脳髄は物を考える処に非ず」よりも「胎児の夢」の方を先に読んでいて、その順に作中作「ドグラ・マグラ」を執筆していたか、

4.……松柏館書店の『ドグラ・マグラ』編集担当だった神田澄二氏、柳田泉氏のいずれかが、久作の原稿を印刷所に入れた時に順番をマチガッテしまったか、

5.……『ドグラ・マグラ』の原稿の清書を香椎の夢久庵で手伝っていた久作の妻・杉山クラさんか久作の秘書・柴村一重氏のどちらかが順番を取り違えていたか、

6.……あるいは、夢野久作のプロットとしては、もともと若林鏡太郎が順番を気にせず順不同で語るというふうにしていたか、

7.……はたまた、夢野久作本人が遺稿の順番をマチガエテ執筆してしまったか、

……………以上、７パターンのいずれかに起因するものと推察される。ここでは、六大前提の(Ⅵ)項に則ったうえで、さらには現実世界の人々に落ち度は無かったものと仮定して、結局のところは、1.または2.のパターンの責任者・若林鏡太郎の発言に瑕疵《かし》があったものと推断し、この推理の帰結とする。

≪≪Ｗ：チョット、チョット。何故、私奴《わたくしめ》の過失ということになるのですかッ!?　そんな決め付けはボーキョですよ、暴挙。そもそも、若い大学生の入院患者の方が、ご自分で「ドグラ・マグラ」を書き損じておったという可能性はないのですか？≫≫

≪≪Ｉ：ちーっともアリマセンね、そんな可能性は！　ぜ～んぶ、教授の〃ウッカリ発言〃のセイですよ、コレは！≫≫

ドグラ・マグラの入れ子構造の謎解き③

10月21日から11月19日までの期間に「ドグラ・マグラ」を初めて書き上げたときの「私」は、10月20日の出来事の全てを記憶として保持しており、それらを原稿用紙に書き記した。つまり、11月20日には喪失してしまっていた10月20日の丸一日の記憶を、この執筆期間中には明瞭に保持していたことになる。そして、この「ドグラ・マグラ」には10月20日にはまだ発生していない出来事は当然書かれてはいないので、たった今、書き上げた（誕生した）ばかりで、それ以前の過去には存在していなかった「ドグラ・マグラ」を、「私」が10月20日に読むという場面を書き込むことは不可能であった。つまり、10月20日の後に執筆された「ドグラ・マグラ」の原稿の中には、作中作「ドグラ・マグラ」は存在しておらず、「私」がそれを読むという場面も当然、なかったということである。

では、どうすれば「ドグラ・マグラ」の入れ子構造は完成するのだろうか？　この難問は歯応えがありすぎて、すぐに解くことは難しそうに思える。だが、「私」が一度に書き上げたのではなく、一ヶ月周期で段階的に加筆し推敲を重ねながら完璧な形に近づけていったのではないかと仮定してみると、この謎を解くことも不可能ではなくなる。実際、夢野久作は現実世界の『ドグラ・マグラ』の完成に10年の歳月をかけて、数限りない加筆と推敲を重ねてきた。『ドグラ・マグラ』生みの親の夢Qのこの姿をヒントにすれば、次のような推論が成り立つ。

※以下、巻末綴じ込みの下段「ドグラ・マグラは円環する物語だったのだろうか」の❶〜❹を参照。

❶：大正15年10月20日に1回目の記憶喪失状態で眼醒めた「私」は、若林鏡太郎から「今日は大正15年の11月20日だ」と嘘の日付を告げられて学術実験にかけられる。その結果、「私」は夢野久作『ドグラ・マグラ』の内容とほぼ同じような経験をして、それらを記憶する。ただし、その記憶の内容は10月20日までに発生可能なことに限られる「あらすじB」のものである。よって、この時点では存在しない作中作「ドグラ・マグラ」を「私」が読むという機会もまたなかった。

❷：大正15年10月21日から11月19日までの間のどこかの一週間で、若い大学生患者（＝私）は❶の「あらすじB」と同じ内容を、入れ子構造ではない作中作「ドグラ・マグラ」として原稿用紙に書き記す。このとき、タイトルを「ドグラ・マグラ」と決定し、巻頭歌も添えていたと仮定

する。ここではこの草稿を、作中作「第一ドグラ・マグラ」と呼ぶこととする。「私」は精神異状者（夢Qは「異常者」と「異状者」を使い分けていた節がある）特有の記憶力の素晴しさを発揮して10月20日の丸一日の記憶を原稿用紙に不眠不休で書き記し、終わると安堵《あんど》して眠りにつき、そのまま2回目の記憶喪失となる。「私」の就眠後に若林鏡太郎が経過観察のために作中作「第一ドグラ・マグラ」を通読し、読後、この「第一ドグラ・マグラ」は精神病学教室本館二階・標本室の硝子《ガラス》戸の壊れている戸棚[20]の片隅に保管される。

❸：大正15年11月20日に2回目の記憶喪失状態で眼醒めた「私」は、若林鏡太郎から「今日は大正15年の11月20日だ」と本当の日付を告げられて学術実験にかけられる。その結果、「私」は夢野久作『ドグラ・マグラ』の内容と同じ経験をして、それらを記憶する。今度はその記憶の内容は11月20日までに発生可能なこととなる。今回は作中作「第一ドグラ・マグラ」が存在するので、「私が作中作ドグラ・マグラの一部分を読む」というイベントも可能である。

つまり、「私」は夢野久作『ドグラ・マグラ』と同じ事柄の経験が可能となる（ただし、若林鏡太郎が作中作「第一ドグラ・マグラ」を標本室の戸棚に入れず放置しておいたままでは、入れ子構造は永遠に完成しない）。

なお、「私が作中作ドグラ・マグラの一部分を読む」といっても飛び飛びに拾い読みするようなことではなく、「標題」と「巻頭歌」と最初と最後の各一行の「……ブウウ――ンンン……ンンン……」[21]しか読まない。

❹：大正15年11月21日から12月19日までの間のどこかの一週間で、「私」は❷で書き上げた作中作「第一ドグラ・マグラ」を通読して❸の記憶の内容との相違点に気付く。それは「私が作中作ドグラ・マグラの一部分を読む」というイベントの欠落だった。「私」はそのイベントを盛り込んだ、入れ子構造となった作中作「ドグラ・マグラ」を書き上げる。

ここでは、この加筆された「ドグラ・マグラ」のことを作中作「第二ドグラ・マグラ」と呼ぶこととする。

この作中作「第二ドグラ・マグラ」は「あらすじA」と同内容となる。「私」は精神異状者特有の記憶力の素晴しさを発揮して11月20日の丸一日の記憶を原稿用紙に不眠不休で書き記し、終わると安堵して眠りにつき、そのまま3回目の記憶喪失となる。

「私」の就眠後に若林鏡太郎が経過観察のために「第二ドグラ・マグラ」を通読し、読後、この「第二ドグラ・マグラ」は精神病学教室本館二階・標本室の硝子戸の壊れている戸棚の片隅に、前稿と入れ替えて保管される。

最短ルートだと、この時点で夢野久作『ドグラ・マグラ』と作中作「ドグラ・マグラ」とは、その文章内容が完全に一致する。もしも最短ルートでなければ、翌月か翌年かは分からないがどこかの時点で一致するはずである。つまり、夢野久作『ドグラ・マグラ』と完全に一致しているという点でいうと、我々読者はこの11月21日以降のどこかの時点で主人公が書き上げた「第二ドグラ・マグラ」以後の作中作を読んでいることになる。

なお本段では、❷で誕生した「第一ドグラ・マグラ」を、❹で加筆したものが「第二ドグラ・マグラ」であるという読み解きをしたのだが、実は主人公「私」は若林鏡太郎から作中作「第一ドグラ・マグラ」を与えられなくても、❸の大正15年11月20日の丸一日の記憶を反芻《はんすう》するだけで、「私が作中作ドグラ・マグラの一部分を読む」というイベントが盛り込まれた、作中作「第二ドグラ・マグラ」を素《す》で書き上げるだけの能力を持っている。参考原稿や草稿などなくても、❷で「第一ドグラ・マグラ」を書き上げた時と同様に、❹においても精神異状者特有の記憶力の素晴しさを発揮して、素で「第二ドグラ・マグラ」を書き上げる能力を、主人公の「私」は有していたと考えるべきである。

ここまでの作中作「ドグラ・マグラ」の入れ子構造の謎解きで分かった執筆法を、以後「**多段階執筆法**」と呼ぶことにしたい。

注解

（20）福岡市東区の箱崎にある九州大学総合研究博物館には「カフェ室」と呼ばれる一室がある。同博物館で講演会が催される時に年に数日だけ、民間のカフェが出張して営業することがある。そのカフェ室で、九州帝国大学精神病学教室の建物が壊される時に卒業生が自宅に引き取って使用していたという〝明治44年モノ〟のガラス戸棚が、最近九大に里帰りして本棚として使用されていた。この証拠物のおかげで、『ドグラ・マグラ』に登場する〝硝子《ガラス》戸の壊れている戸棚〟が、横にスライドして開閉する「引き戸」タイプではなく、前後に引いたり押したりして開閉する「開き戸」タイプの戸棚であったことが判明した。

カフェ室で本棚として再利用されていた〝硝子戸の外された戸棚〟

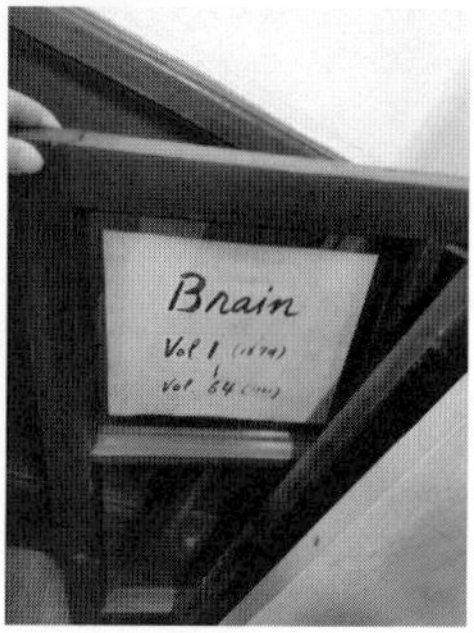

開き戸のガラスに所蔵の学術誌のバックナンバーを表示した、本来の〝硝子戸の壊れていない戸棚〟

九州大学総合研究博物館

（出典：ぐるっと九大博）

(21) 柱時計の時鐘の音については、124頁の注解3でも説明したとおり、松柏館書店版『ドグラ・マグラ』に……、

その次のペーヂに黒インキのゴヂック体で『**ドグラ・マグラ**』と標題が書いて在《あ》るが、作者の名前は無い。

一番最初の第一行が……ブウウ――ンンン……ンンンン……という片仮名の行列から初《はじ》まって居《い》る様《よう》であるが、最終の一行が、やはり……ブウウ――ンンン……ンンンン……という同じ片仮名の行列で終っている處《ところ》を見ると、全部一続きの小説みたような物では無いかと思われる。何となく人を馬鹿にしたような、キチガイジミた感じのする大部《たいぶ》の原稿である。

「……これは何ですか先生……この**ドグラ・マグラ**と云うのは……」

とあることから、本書においても引用文の傍線部のオノマトペに倣《なら》った。

ドグラ・マグラのその後の世界

前段で導入した「多段階執筆法」というアイディアによって、一見すると無限の入れ子構造であるかに見える作中作「ドグラ・マグラ」を、主人公である「私」が無理なく書き上げる手立てがあることを推論することができたかと思われる。これによって、夢野久作『ドグラ・マグラ』と作中作「ドグラ・マグラ」を矛盾なく、完全に一致させることが可能であることが分かった。

だが、主人公である「私」の心情に立ってみると、「それが一体何だというのだろう……」という虚しい気持ちにならないだろうか。なぜなら、そのことによって主人公の運命がいくらかでも好転したようには思われないからだ。

夢野久作『ドグラ・マグラ』が仮に、そこから脱出できずに円環する物語であったとしたら、その後の主人公には、前段の❶❷❸❹に続く形で、以下の❺❻❼❽の運命が待ち受けているものと予想される。

※以下、巻末綴じ込みの下段「ドグラ・マグラは円環する物語だったのだろうか」の❺〜❽を

参照。

❺：おそらく大正15年12月20日に3回目の記憶喪失状態で眼醒める「私」は、若林鏡太郎に「今日は大正15年の11月20日だ」と嘘の日付を告げられて、3回目の学術実験にかけられる。「私」は夢野久作『ドグラ・マグラ』とほぼ同じ経験をし、それらを記憶する。今度はその記憶の内容が12月20日までに発生可能なこととなる。

今回は作中作「第二ドグラ・マグラ」が存在することから、仮に「私」が作中作「第二ドグラ・マグラ」を通読したとしても（11月20日には標題と巻頭歌と、最初と最後の各一行しか読まなかったのだが）、「私が作中作ドグラ・マグラの一部分を読む」というイベントが盛り込まれた、入れ子構造が完成した「ドグラ・マグラ」を手にしていることになる。よって、その読後感は我々現実の読者のそれと完全に一致する。

❻：3回目の学術実験❺から5日後の大正15年12月25日午前1時25分、大正天皇崩御。「私」の知らない外の世界では改元を迎えて昭和の御代《みよ》となる。しかし改元を知らない「私」と六号室の少女は隔離病棟という空間のみならず、時間さえも「大正」という〝時の鉄格子〟の中に隔離され続ける運命となる。

❼：大正15年12月21日から昭和２年１月19日までの間のどこかの一週間で、「私」は❺の大正15年12月20日の丸一日の記憶を反芻《はんすう》しながら精神異状者特有の記憶力の素晴しさを発揮して参考原稿なしで、素で「第三ドグラ・マグラ」を書き上げる。「私」は12月20日の丸一日の記憶を原稿用紙に不眠不休で書き記し、終わると安堵して眠りにつき、そのまま４回目の記憶喪失となる。「私」の就眠後に若林鏡太郎が経過観察のためにこの「第三ドグラ・マグラ」を通読し、読後に「第三ドグラ・マグラ」は精神病学教室本館二階・標本室の硝子《ガラス》戸の壊れている戸棚の片隅に前稿と入れ替えて保管される。

❽：昭和の改元を知らない「私」は「…………ブウウ――――ンンン――――ンンンン…………。」で眼醒めた後に、ｎ回目の記憶喪失状態の被験者として丸一日を振る舞い、「……ブウウ…………ンン…………ンンン…………。」で眠り、その後めざめて[22]、ｎ回目に被験した学術実験の丸一日の記憶を反芻しながら精神異状者特有の記憶力の素晴しさを発揮して参考原稿なしで、素で「第ｎドグラ・マグラ」を書き上げる。「私」はｎ回目の実験の丸一日の記憶を原稿用紙に不眠不休で書き記し、終わると安堵して眠りにつき、そのまま（ｎプラス１）回目の記憶喪失になる。「私」の就眠後に若林鏡太郎が経過観察のためにこの「第ｎドグラ・マグラ」を通読し、読後、この「第ｎドグラ・マグラ」は精神病学教室本館二階・標本室の硝子戸の壊れている戸棚の片

隅に、前稿「第（nマイナス1）ドグラ・マグラ」と入れ替えて保管される……という無限かとも思われるサイクルを、「私」は毎月毎月毎月毎月……気が変になるまで、否、気が変でなくなるまで繰り返し続ける……。

――以上が、もしも『ドグラ・マグラ』が円環する物語であった場合の幻魔作用のタネ明かしであると同時に、「私」の未来予想図でもあるだろう。

おそらく若林鏡太郎はこの後、昭和の御代にも学術実験を毎月繰り返して、「私」が完全に記憶を回復し覚醒する日を待ち続けるのだろう。それは、「私」か六号室の少女か、あるいはまた若林鏡太郎かの、いずれかの命の火が燃え尽きるその日まで、永遠に……。

注解

（22）ここでいうめざめは、本章において定義する第三の「めざめ」である。第一の「眼醒め」は一日のうちで最初に目をさました場合で、主人公には眼醒める以前の過去の記憶がない。第二の「目覚め」は同日内の記憶のみが残っている目覚め（第1章20頁の注解1を参照）。この第三の「めざめ」は直近の学術実験から日付を跨《また》いだめざめであり、主人公は過去の出来事（少なくとも実験日当日の顛末《てんまつ》）を明瞭に記憶している。

一ヶ月周期《サイクル》説の肯定

　ここでひとつ、補足的な推理を済ませておきたい。

　主人公「私」が、「……………ブウウ――――ンンン――――――ンンンン……………。」と柱時計が鳴り響く深夜に、九州帝大の精神病学教室附属病院「精・東・第一病棟」の七号室で眼醒め、その後、丸一日がかりの学術実験を被験後に、作中作「ドグラ・マグラ」を執筆し、その筆を擱《お》いた後に記憶の喪失を伴う深い眠りに落ち、それから再度、柱時計の時鐘を耳にしながら七号室で「私」が眼醒めて学術実験にかけられる……という一連のルーティン（踏み固められた道）は、夢野久作『ドグラ・マグラ』を丹念に読めば、丸一ヶ月の時間を要していたと推定することができる。いわば「一ヶ月周期《サイクル》説」とも表現しうる訳であるが、この推論が成り立つための傍証として、『ドグラ・マグラ』本文から次の三つの記述を挙げておく。

　第一は、

……フーム……ナルホド……。しかし……その女の屍骸《しがい》が、土の下に埋められたのは……イッタイいつの事だね……

と、生前の正木敬之から厳格なハッキリした言葉付きで指摘された呉一郎は、解放治療場内の砂地でパタリと鍬《くわ》を取り落して、力なく眼を伏せ、ガックリとうなだれて穴を這《は》い上がり、そのまま七号室に引きこもってしまうのだが、その後に再度、解放治療場内の屋外に呉一郎が出てくるまでに約1ヶ月という時間を要したこと。

第二は、『ドグラ・マグラ』本文の末尾近くでの、

……そうした出来事を一箇月後《かげつ》の今日になって、私は又、その通りの暗示の下に、寸分違わず正確に繰り返しつつ夢遊して来たに過ぎないのだ。〈中略〉……若林博士は、そうした私の頭を実験するために、一箇月前と同じ手順を繰り返しつつ、私をこの室《へや》に連れ込んだものに違いない。そうして多分一箇月前もそうしたであろう通りに、どこからか私を監視していて、私の夢遊状態の一挙一動を細大洩らさず記録しているに違いない……

という、物語の主人公である「私」の最終的な推理の帰結ともいえる独白があること。

第三として、第三者による目撃証言ともいえる散髪屋の次の台詞《せりふ》が決定的である。

へイ。ちょうど丸一個月《かげつ》前の事で、特別の御註文《ごちゅうもん》でしたから、まだよく存じて居《お》ります。まん中を高く致しまして、お顔全体が温柔《おとな》しい卵型に見えますように……まわりは極く短かく、東京の学生さん風に……

一連の学術実験を大正15年10月20日の丸一日と同じように正確に再現しようと腐心する若林鏡太郎にとって、呉一郎を用いての人体実験を企てる際の絶対的条件として、呉一郎（被験体）の髭や髪が再度伸びるための時間的猶予の必要性に鑑《かんが》みれば、「一ヶ月周期説《サイクル》」を是《ぜ》として、謎解きの推理をすすめていくべし、との立場におのずと到るのである。

《補足》

ドグラ・マグラの「あらすじAの(2)」の箇所の「私」の〝頭髪《あたま》が蓬々《ぼうぼう》と乱れて〟という本文中の描写は、丸一ヶ月間入浴せずに脂ぎった寝癖髪が〝蓬々と乱れて〟いる風貌《ふうぼう》として理解する。よって、数ヶ月分も〝蓬々と伸びて〟いる必要はなく、調髪前の「私」の髪は丸一ヶ月分の毛量が伸びて、蓬々と乱れていれば条件を満たす。

このように夢Qは、読者に最初からつまずかれて、あらぬ方向へ行ってしまわれては困ると考えたのか、過剰なまでのサービス（種明かし）をしているといえるだろう。

なお、【ドグラ・マグラの時間の流れ③】（165頁～）では説明を単純化するために、敢えて……「あらすじA」と「あらすじB」の相違点は〝作中作「ドグラ・マグラ」が存在するかしないのかの一点のみ〟と説明したが、厳密には散髪屋の台詞《せりふ》や、隣室のモヨ子が深夜に発する台詞、作中作「ドグラ・マグラ」の解説をした若林鏡太郎の台詞のくだりの有無などが異なるので、当然、それらを受けての「私」の反応にも変化が生じてくる。他にも10点前後の相違点が伏線として張られているが、一度に説明するとかえって混乱を招く嫌いもあるので、それはまたの機会に……。

さらなる謎解き

さて、それでは夢野久作『ドグラ・マグラ』の冒頭で、主人公の「私」が柱時計の時鐘の音で眼醒めたのは、何年何月何日の「今日」だったのだろうか？　それは、主人公が何巡目の学術実験(=ドグラ・マグラ実験)を受けさせられていたかによって、大きく動く可能性がある。

最短ルートだと、大正15年11月20日の第二ドグラ・マグラ実験で夢野久作『ドグラ・マグラ』と作中作「ドグラ・マグラ」はその記述内容が100％一致する。しかし、夢野久作『ドグラ・マグラ』と100％一致している「今日」が動く可能性があるという点を踏まえると、我々読者は、この11月21日から12月19日までの期間に主人公が書き上げた作中作「第二ドグラ・マグラ」以後の作中作を読んでいる可能性もあるということになる。

つまり、もしも最短ルートでなければ、翌月か翌年かは分からないが、何処かもっと未来の時点で両者が一致するという可能性もある訳だ。あるいはそれは第三巡目の「ドグラ・マグラ」かもしれないし、第十三巡目の「ドグラ・マグラ」かもしれない。ことによると第百十三巡目の「ドグラ・マグラ」かもしれない。

主人公の「私」の立場に立てば毎月20日の「…………ブウウ――――ンンン――――ンンン…………。」の眼醒めのたびに記憶喪失を繰り返しているために、いったい自分が何巡目のドグラ・マグラ実験を受けさせられているのか、そして、「今日」がいったい何年の何月何日なのかが皆目《かいもく》見当がつかないのだ……。

ところが、である。読者が丹念に読み込めば、実は主人公が作中で今、何回目の学術実験を被験中なのか、その日時までも論理的に推理できるように『ドグラ・マグラ』は書かれているのである。夢野久作は、『ドグラ・マグラ』の作品世界の「今日」がいつなのかを特定できるように、さりげないヒントを伏線として文中に忍ばせていたのだ。

× × × × × ×

W：………………………………………………………………。

I：どうです……聴いてしまわれましたか。

W：素晴らしい……。私奴《わたくしめ》の謎解きの答えとも、ただいまの貴方様のドグラ・マグラの推理は完全に一致しておりますぞ。しかも夢野久作が『ドグラ・マグラ』の中に作中作として主人公の手書き原稿「ドグラ・マグラ」を登場させて読者の頭脳に揺さぶりをかけておきながら、実はソレが【時間の流れの謎解き】の鍵となるように作者が配置した伏線《ふくせん》であったという読み解きには、私《わたくし》シビレましたゾ。やはり、六大前提の第Ⅵ項目の仮説に揺るぎはありませんな!!

Ｉ：ハイ。作品世界の「今日」がいつなのか(23)については、ここではお楽しみの宿題に取っておくとして、ですね。

ドグラ・マグラ入門編の初歩的な読み解きについては、お互いに推理のズレがないということが確認できました。それでは次は、『ドグラ・マグラ』の著者・夢野久作について、その人物像から追ってみましょうか、教授!!

注解

（23）『ドグラ・マグラ』の「今日」がいつなのかについては、本章で定義した「六大前提」の仮説の立証と併せて、本シリーズの三巻目（モーサマの眼とヨコセイの四月馬鹿《エイプリルフール》…の巻）で主人公Ｉによる謎解きを予定。乞う、ご期待。

付論1　ブ……ンと、ブ――ン　柱時計の時鐘のオノマトペ

『ドグラ・マグラ』は、冒頭の
……………ブウウ――――――ンンン――――――ンンンン…………。

私がウスウスと眼を覚ました時、こうした蜜蜂の唸《うな》るような音は、まだ、その弾力の深い余韻を、私の耳の穴の中にハッキリと引き残していた。

で始まり、

「……アッ……呉青秀《ごせいしゅう》……」

と私が叫ぶ間もなく、搔《か》き消すように見えなくなってしまった。

……ブウウウ…………ンン…………ンンン…………。

で終わることがよく知られている。ところが、すこし注意して読むと、物語の冒頭の「…………ブウウ――――――ンンン――――――ンンンン…………。」とラストの「……ブウウ……………ンン…………ンンン…………。」とでは、柱時計の時鐘の響きのオノマトペ（声喩・擬音語）が

松柏館書店版／本文冒頭（1頁目）

……ブウウ――ンンン――ンンンン……。
私《わたし》がウス〳〵と眼《め》を覺《さ》ました時《とき》、かうした蜜蜂《みつばち》の唸《うな》るやうな音《おと》は、まだ、その彈力《だんりよく》の深《ふか》い餘韻《よゐん》を、私《わたし》の耳《みゝ》の穴《あな》の中《なか》にハツキリと引《ひ》き殘《のこ》してゐた。

松柏館書店版／本文末尾（739頁目）

「…アツ…呉青秀《ごせいしう》…」
と私《わたし》が叫《さけ》ぶ間《ま》もなく、搔《か》き消《け》すやうに見《み》えなくなつてしまつた。
…ブウウ……ンン……ンンン……。

異なっていることがわかる。これは両者が別時刻であることを示唆するために、夢野久作が意図的に張った伏線の可能性がある。このことからも、『ドグラ・マグラ』を、円環構造を内在した〝ループ型の物語〟と一概に断ずることはできない。もちろん、『ドグラ・マグラ』が〝非ループ型の物語〟であるとも断言できないのだが。

なお、物語冒頭の「…………ブウウ――――ンンン――――ンンンン…………。」は、どの出版社版も一言一句同じオノマトペであるが、ラストは角川文庫版および講談社文庫版と、他の出版社版とではその表記が異なる。物語のラストに鳴り響く柱時計の時鐘は、ドグラ・マグラの初版本を刊行した松柏館書店（初版１９３５年１月）やその他の出版社版《ハヤカワ・ポケット・ミステリ（初版１９５６年９月）、三一書房（初版１９６９年９月）、教養文庫（初版１９７６年７月）、創元推理文庫（初版１９８４年11月）、ちくま文庫（初版１９９２年４月）、国書刊行会（初版２０１８年４月）》では「……ブウウウ…………ンン…………ンンン………。」であるが、角川文庫版（初版１９７６年10月10日）と講談社文庫版（初版１９７６年12月15日）では何故か「……ブウウウ――ンン――ンンン………。」と、２ヶ所が母音のばしを示す長音符合で表記されている。久作生前の１９３５年１月15日発行の松柏館書店版の表記（戦前の発行なので２点リーダー‥は３点リーダー…に直して表記）に従うならば、無音を示すリーダー…を使った前者のオノマトペが正しい時鐘の表記であると思われる。角川文庫版および講談社文庫版の改変が故意からか偶然かは判然としないが、作者がミステリーの伏線として張った重要な表現にまで手を加えること

角川文庫版／本文末尾（下巻３７７頁目）

「……アッ……呉青秀……」

と私が叫ぶ間もなく、掻き消すように見えなくなってしまった。

……ブウウウ――ンン――ンンン…………。

は良くない。

この誤ったオノマトぺは、初版発行日の順番からいって、角川文庫版（上巻・下巻ともに、初版１９７６年10月10日発行）の改変が、後発の講談社文庫版（上巻・中巻・下巻ともに、初版１９７６年12月15日発行）に引き継がれ、「……ブウウ――ンン――ンンン………。」が伝染したものと推察される。講談社文庫版は、「千世子」のルビと、主人公がドグラ・マグラを発見するシーンの時鐘のオノマトぺ（１２４頁・注解３と、１８０頁・注解21を参照）が角川文庫版とは違っていることから、下巻の校正作業のあたりから、それまでの松柏館書店版から角川文庫版に引きずられたものとみられる。ちなみに、講談社文庫が最初は松柏館書店版を底本《そこほん》としていたと推測する根拠は、講談社文庫版は「千世子」のルビを（正しく）「ちよこ」と振っているからである。１９７６年当時の『ドグラ・マグラ』の中で、「ちよこ」とルビを振っていた出版社は講談社文庫以外には「ちよこ」「ちせこ」混在（第１章97頁の注解30を参照）の松柏館書店版しかない。

付論2　エンディングは二重の意味でのフラッシュバック

21世紀の今日、〝記憶喪失〟を題材とした推理小説は多くの作家によって発表されて、ミステリーファンの間では馴染みのテーマとして市民権を得ている。しかし、第二次世界大戦以前の日本文学界においては、この種の探偵小説は皆無であったようだ。その20世紀の30年代にあって、夢野久作の『ドグラ・マグラ』だけは稀有な例外だったといってよく、他に類を見ないミステリー小説として今日もなお異彩を放ち続けている。

物語の1ページ目で柱時計の時鐘の響きを耳にしながら精神病院の一室で眼醒める主人公は、自分が誰なのか思い出せないまま、若林教授が提供した正木博士の遺稿類を手掛かりとして殺人事件の真相を追うことになる。しかし明快な結論は最後まで伏せられて、『ドグラ・マグラ』の物語は「私」の〝フラッシュバック〟のシーンで幕を下ろしている。（第2章150頁本文と、154頁の注解14、155頁の注解15を参照）

一人称形式の物語である『ドグラ・マグラ』は、記憶を失った主人公と同じ立場に置かれた読者が、作品世界の外側で探偵役として物語の全体構造の謎を解くように仕向けられた小説である。そして、ミステリーの真相に迫る推論の構築は、最終シーンの〝フラッシュバック〟の謎解きなどを手掛かりとしながら、作中の伏線回収を一任された読者にそのすべてが託されている。このような――読者の推理力に作者が全幅の信頼をおいた（？）――小説としては特殊な構造が、他の推理小説とは一線を画しているドグラ・マグラの特徴であり、それはまた、読み進む側にとっての醍醐味ともなっている。

このように『ドグラ・マグラ』に対するポジティブな評価を前提に、以下に探偵役に扮して筆者の考察を述べてみたい。

＊

おそらく主人公の「私」は過去のトラウマ（精神的外傷）から逃れるために記憶喪失となっており、みずからの記憶回復につながりかねない事柄に対しては明確に逃避行動をとっている。

いくつか例を挙げると、

六号室の少女（＝モヨ子）と対面したときには終始無言のまま、相手の手を無意識のうちに払いのけて近親者との物理的な接触を回避。

自分が受けさせられている人体実験の謎を解く鍵であるらしい手書き原稿「ドグラ・マグラ」の通読も拒絶。

六相図の絵巻物を見ていき、巻末に5行にわたって書かれた千世子の文字を見た瞬間に九大の標本室から遁走《とんそう》。

等々の反応である。これらは「私」自身の正体が呉一郎であることを自覚させられかねない物事からの無意識的な逃避行動の現れと読み取れる。

逆に、「私」は七号室に朝食を差し入れにきた配膳係の看護婦の腕を摑《つか》んで自分の名前を尋ねて逃げられると、「……アッハッハッハッハッ。ナアーンだ馬鹿馬鹿しい。名前なんてどうでもいいじゃないか。忘れたってチットモ不自由はしない。俺は俺に間違いないじゃないか。アハアハアハアハアハ………。」〈中略〉「……ああ苦しい。やり切れない。俺はどうしてコンナに可笑《おか》しいのだろう。アッハッハッハッハッハッハッ……。」と病室の床の上で独り笑い転げている。

このような主人公「私」のふるまいは、今日では典型的な心的外傷後ストレス障害の症例として知られるものである。

また、主人公の「私」は一週間ばかり不眠不休で「ドグラ・マグラ」なるものを執筆していたが、この件も上記の心的外傷後ストレス障害の典型例（睡眠障害）に該当する。

ここで、先ほどのフラッシュバックの意味を辞書で引くと次のとおりである。

〈明鏡国語辞典〉……①映画やテレビで、進行中の場面を瞬間的に切り替えて過去の場面を挿入する技法。②過去の麻薬使用時の幻覚・妄想や、災害・事故などの強烈な体験の記憶が、あるきっかけで再発すること。

〈広辞苑〉……①カットーバックの一種。映画で、物語の進行中に過去の出来事を挿入すること。回想を表現するための技法。②過去の強烈な体験が突然脳裏によみがえること。↓ピー・ティー・エス・ディー（ＰＴＳＤ）

主人公「私」の視点における〝フラッシュバック〟は、麻薬使用かどうかは別として、両辞書の②の意味になるだろう。筆者の考察では、主人公の実像は、記憶障害を発症した重篤なＰＴＳＤ患者である訳だが、ＰＴＳＤを広辞苑で引くと……、

不安や恐怖から強いストレスを体験した後、フラッシュバック・逃避行動・睡眠障害などの症状が1カ月以上続くもの。心的外傷後ストレス障害。

と、ある。

なお、〝フラッシュバック〟を「小説の手法」という観点で捉えると、両辞書の①の意味とすることもできる。夢野久作は『ドグラ・マグラ』のラストで、映画的なフラッシュバック技法を小説の表現手法として効果的に取り入れており、「私」の過去の記憶（ＰＴＳＤ的フラッシュバック）の再発シーンとして、次々と瞬間的に場面を切り替えて挿入している。文学的意味において、『ドグラ・マグラ』のエンディングの〝フラッシュバック〟は、①と②の二重の意味で用いられていたものと考えてよいだろう。

以上、ごく簡単にではあるが、ドグラ・マグラの最終シーンの〝フラッシュバック〟に焦点を当てた、筆者の推論を述べた。浅学非才な筆者が知るかぎりではあるが、21世紀に入ってもなおドグ

ラ・マグラを超える推理小説は現れていないというのがミステリー界の実状のようで、〝百年早かった探偵小説《サイコ・ミステリー》〟と筆者が確信するゆえんである。

＊

参考までに、紀伊國屋書店・トーハン・日本出版販売・日外アソシエーツの4社が共同事業として運営している図書内容情報データベース『BOOK』で、〝「記憶喪失」・「ミステリー」〟を検索してみると、以下の作品が紹介されていた。この『BOOK』評を念頭におくと、ドグラ・マグラがいかに先駆的な作品であったかが理解されるだろう　※以下、傍線は筆者による。

『シンデレラの罠』／セバスチャン・ジャプリゾ著（1962年）／内容：わたし、ミは、火事で大火傷を負い、顔を焼かれ皮膚移植をし一命をとりとめたが、一緒にいたドは焼死。火事の真相を知るのはわたしだけだというのに記憶を失ってしまった。わたしは本当に皆の言うように大金持ちの伯母から遺産を相続するというミなのか？　死んだ娘がミで、わたしはドなのではないのか？わたしは探偵で犯人で被害者で証人なのだ。ミステリ史上燦然と輝く傑作。フランス推理小説大賞受賞作。

『わたしが眠りにつく前に』／S・J・ワトソン著（2011年）／内容：「わたし」クリスティーン・ルーカスは、特殊な記憶障害を負っている。毎朝目覚める度、前日までの記憶が失われてしまうのだ。いまは長年連れ添った夫とふたり暮らし。毎日彼が誰かすらわからなくなるわたしを、夫は献身的な愛で受け入れてくれている。そんなある日、医師を名乗る若い男から電話がかかってくる。聞けば、すこし前から夫に内緒で彼の診察を受けているのだという。医師はここ数週間、あなたは毎日の出来事をひそかに書き綴ってきたと言い、日誌を見るように告げる。わたしは言われるまま、それを読み始めた。その先に何が待つのかも知らずに…。ＣＷＡ最優秀新人賞受賞作。

『迷宮』／清水義範著（２０１２年）／内容：24歳のＯＬが、アパートで殺された。猟奇的犯行に世間は震えあがる。この殺人をめぐる犯罪記録、週刊誌報道、手記、供述調書…ひとりの記憶喪失の男が「治療」としてこれら様々な文書を読まされて行く。果たして彼は記憶を取り戻せるのだろうか。そして事件の真相は？　言葉を使えば使うほど謎が深まり、闇が濃くなる―言葉は本当に真実を伝えられるのか?!　名人級の技巧を駆使して大命題に挑む、スリリングな超異色ミステリー。

『イヴリン嬢は七回殺される』／スチュアート・タートン（２０１８年）／内容：森の中に建つ屋敷〝ブラックヒース館〟。そこにはハードカースル家に招かれた多くの客が滞在し、夜に行われる仮面舞踏会まで社交に興じていた。そんな館に、わたしはすべての記憶を失ってたどりついた。自分が誰なのか、なぜここにいるのかもわからなかった。だが、何者かによる脅しにショックを受け、意識を失ったわたしは、めざめると時間が同じ日の朝に巻き戻っており、自分の意識が別の人間に宿っていることに気づいた。とまどうわたしに、禍々しい仮面をかぶった人物がささやく―今夜、令嬢イヴリンが殺される。その謎を解かないかぎり、おまえはこの日を延々とくりかえすことになる。タイムループから逃れるには真犯人を見つけるしかないと…。悪評ふんぷんの銀行家、麻薬密売人、一族と縁の深い医師、卑劣な女たらしとその母親、怪しい動きをするメイド、そして十六年前に起きた殺人事件…不穏な空気の漂う屋敷を泳ぎまわり、客や使用人の人格を転々としながら、わたしは謎を追う。だが、人格転移をくりかえしながら真犯人を追う人物が、わたしのほかにもいるという──英国調の正統派ミステリの舞台に、タイムループと人格転移というSF要素を組み込んで、強烈な謎とサスペンスで読者を離さぬ超絶SFミステリ。イギリスの本読みたちを唸らせて、フィナンシャルタイムズ選ベスト・ミステリ、コスタ賞最優秀新人賞受賞。多数のミステリ賞、文学賞の最終候補となった衝撃のデビュー作！

付論3　脳髄の迷宮やぶり

『ドグラ・マグラ』は〝一種の脳髄の地獄〟と形容されることがある。これは作中で若林鏡太郎が主人公の「私」に語る次の解説が出どころとなっているように思われる。

……このドグラ・マグラという言葉は、維新前後までは切支丹《キリシタン》伴天連《バテレン》の使う幻魔術のことをいった長崎地方の方言だそうで、只今では単に手品とか、トリックとかいう意味にしか使われていない一種の廃語同様の言葉だそうです。語源、系統なんぞは、まだ判明致しませぬが、強《し》いて訳しますれば今の幻魔術もしくは『堂廻目眩《どうめぐりめぐらみ》』『戸惑面喰《とまどいめんくらい》』という字を当てて、おなじように『ドグラ・マグラ』と読ませてもよろしいというお話ですが、いずれにしましてもそのような意味の全部を引っくるめたような言葉には相違御座いません。……つまりこの原稿の内容が、徹頭徹尾、そういったような意味の極度にグロテスクな、端的にエロチックな、徹底的に探偵小説式な、同時にドコドコまでもノンセンスな……一種の脳髄の地獄……もしくは心理的な迷宮遊びといったようなトリックでもって充実させられておりますために、斯様《かよう》な名前を附《つ》けたものであろうと考えられます

夢野久作著『ドグラ・マグラ』はその作中で、九州帝国大学の精神病学教室の附属病院に入院していた若い大学生患者が、作品の標題《タイトル》と同じ「ドグラ・マグラ」という原稿を執筆し、後日その原稿を記憶喪失状態の主人公「私」が発見し手に取っている。つまり、現実世界で「私たち」読者が手にしている『ドグラ・マグラ』の中で、主人公の「私」もまた「ドグラ・マグラ」という標題の手書き原稿を手にしてページをめくっている訳だ。しかも、その「ドグラ・マグラ」には夢Qのソレと一言一句おなじ〝巻頭歌《かんとうか》〟が収載されているばかりか、物語冒頭の第一行目と物語末尾の一行が、ともに「……ブウウ――ンンン……ンンンン……」となっているのである。（180頁の注解21を参照）

このことから『ドグラ・マグラ』のページをめくった読者は、次のように空想せずにはいられないだろう。すなわち……、

読者の私が読む夢野久作著『ドグラ・マグラ』の中には、主人公の「私」が読む「ドグラ・マグラ」が存在し、その「ドグラ・マグラ」の中にも、さらに私が読む「「ドグラ・マグラ」」

が存在し……、その「「ドグラ・マグラ」」の中には主人公の私が読む「「「ドグラ・マグラ」」」が存在し、その「「「ドグラ・マグラ」」」の中にも、さらに……

というように、マトリョーシカ人形のような入れ子構造が、延々と続いているのではあるまいか？と。

しかも、それらの無限の階層をなすドグラ・マグラの一冊一冊が、最初と最後の各々《おのおの》一行が「…ブウウ――ンンン……ンンンン……」と記述された堂々巡りの物語となっており、それはまるで『ツァラトゥストラはかく語りき』でフリードリヒ・ニーチェが提唱していた〝永劫回帰《えいごうかいき》〟のような、無限に円環するウロボロス（尾を飲み込む蛇）のような構造となっているのではあるまいか？と。

さらに、この〝脳髄の地獄〟にモウ一歩深く足を踏み入れて想像をすれば、――「あらすじB」の⑿（本文149頁）で説明したように――主人公「私」の見る夢の中にも夢が存在していることから……、

「私」が見ている「夢」の中に「「私」」がいて、その「「私」」が見ている「「夢」」の中にもさらに「「「私」」」がいて、その「「「私」」」が見ている「「「夢」」」の中にもさらに……

といった具合に〝夢の無限マトリョーシカ〟が、それこそ延々と夢の彼方《かなた》まで連なっているのではなかろうか？　とさえ思えてくる。

夢
夢
夢
1926.11.20

このように『ドグラ・マグラ』は、まるで……
微睡《まどろ》むウロボロスの胎内に夢見る小さなウロボロスがいて、そのウロボロスの胎内にも微睡み夢見るウロボロスがいて、さらに、そのウロボロスの胎内に夢見る小さなウロボロスがいて、
そのウロボロスの胎内にも微睡み夢見る……
といった具合に、ウロボロスに象徴される永劫回帰の物語を、無限に内包し続ける夢の物語として読み取れなくもないのだ。そして、この〝夢の無限回廊〟に迷い込んだ読者の多くは悪夢のような独特の酩酊《めいてい》感に苛《さいな》まれることになる訳だ。

筆者の考えでは、作中の主人公の正体は、大正15年10月20日に経験した丸一日の出来事を一ヶ月周期《サイクル》でソックリそのまま再現する人体実験の被験体であり、ルーティン化された「今日」のスケジュールを繰り返し体験させられている「私」の姿は、さながらタイムループを題材としたSF小説の主人公のようである。

そうしたなか、記憶喪失状態であるにもかかわらず、最終的な推理の結果、「私」は以下の〝永劫回帰《えいごうかいき》の地獄〟に思い至る。（以下は、『ドグラ・マグラ』のラスト近く、松柏館書店版では732～733頁あたり）

〈前略〉……いずれにしても今日の午前中、私が色んな書類を夢中になって読んでいるうちに、

若林博士がコッソリと立ち去った後にはこの室《へや》の中に誰も居なかったのだ。正木博士も、禿頭《はげあたま》の小使《こづかい》も、カステラも、お茶も、絵巻物も、調査書類も、葉巻の煙も何もかも、みんな私の一箇《か》月前《げつぜん》の記憶の再現に過ぎないのだ。たった一人で夢遊中の夢遊を繰返していたに過ぎなかったのだ。

……私の頭は、そこまで回復して来たまま、同じ処ばかりをグルグルまわっているのだ。……そうでないと思おうとしても、そうした不思議な事実の証拠の数々が、現在、生き生きと私の眼の前に展開して、私に迫って来るのをどうしよう。ほかに解決のし方がないのをどうしよう……。

……若林博士は、そうした私の頭を実験するために、一箇月前と同じ手順を繰り返しつつ、私をこの室に連れ込んだものに違いない。そうして多分一箇月前もそうしたであろう通りに、どこからか私を監視していて、私の夢遊状態の一挙一動を細大洩らさず記録しているに違いない……否々《いないな》……否々……きょうは、大正十五年の十一月二十日、と云った若林博士の言葉までも嘘だとすれば、私はもっともっと前から……ホントウの「大正十五年の十月二十日」以来、何度も何度も数限りなく、同じ夢遊状態を繰り返させられている事になるではないか……そうしてその一挙一動を記録に残されている事になるではないか……

……………………………………………………

……………………………………………………

おそらく夢野久作は、『ドグラ・マグラ』のページをめくる読者の中に、――若林教授がいうところの――〝一種の脳髄の地獄〟を現出させることを企図して10年もの歳月をかけてこの作品の筆を執っていたのだろう。

本書の第2章で筆者は、ドグラ・マグラが醸し出す〝幻魔作用のメカニズム〟なるものにメスを入れて、ドグラ・マグラを「探偵小説として普通に読んで謎を解く！」という至極真っ当な切り口から、作品世界に仕掛けられた伏線の回収に挑んでみた。巻末に添付した「ドグラ・マグラの時間の流れの図解」が、ドグラ・マグラを読了後に罹患しがちな〝独特な酩酊感〟からの快気のキッカケとなれば幸いである。

なお、夢野久作著『ドグラ・マグラ』の〝今日〟が、本当に〝大正十五年の十一月二十日《エイプリルフール》〟であったのかについては、本シリーズ三巻目（モーサマの眼とヨコセイの四月馬鹿…の巻）で謎解きを予定。

『鬼滅の刃はドグラ・マグラ』二巻目（ドグラ・マグラの誕生…の巻）は続刊。

梅乃木彬夫（うめのき あきお）
ドグラ・マグラ研究家。福岡市姪の浜、愛宕下の石切場跡地で生まれる。
ウェイト＝スミス版タロットカードのデザインに秘められた謎と正四面体地球儀の謎について研究している。

二本指スワイプで
地球儀を操作可能

鬼滅の刃はドグラ・マグラ① ドグラ・マグラの謎を解く…の巻

2024年５月20日 初版第１刷発行©

定価はカバーに表示してあります

著 者 梅乃木 彬 夫
発行者 米 本 慎 一
発行所 不 知 火 書 房

〒810-0024 福岡市中央区桜坂３-12-78
電話 092-781-6962
FAX 092-791-7161
郵便振替 01770-4-51797
印刷／青雲印刷 製本／岡本紙工

落丁本・乱丁本はお取替えいたします Printed in Japan

ISBN978-4-88345-161-6 C0095

梅乃木彬夫 著

鬼滅の刃はドグラ・マグラ　全5巻

1 ドグラ・マグラの謎を解く…の巻　四六判　1800円

第1章　鬼滅の刃を迎えて解く／第2章　迷宮からの脱出

2 ドグラ・マグラの誕生…の巻　四六判　1800円

第1章　夢Qのバックボーン／第2章　禰豆子の竹

3 モーサマの眼とヨコセイの四月馬鹿《エイプリルフール》…の巻　＊以下続刊

4 青黛山如月寺縁起（仮）…の巻

5 ユメノ聖地巡礼（仮）…の巻

夢野久作と杉山三代研究会　会報

民ヲ親ニス

1 2号は品切。3～10号は在庫あり。各号A5判　2000円～2500円

第10号目次から

■第10回研究大会の記録（アジア主義の原理　中島岳志／夢野久作を歩く　杉山満丸／夢野久作「ドグラ・マグラ」草稿残存状況　大鷹涼子／鶴見俊輔「ドグラ・マグラの世界」の戦略性　加藤慶介／杉山茂丸が大日本相撲協会設立に果たした役割　相沢亮）■特別資料（西の幻想作家――夢野久作のこと――杉山龍丸）＊「九州文学」全12回連載分を初収録。